UN CONTRAT D'UN MILLIARD DE DOLLARS

UNE ROMANCE DE MILLIARDAIRE

CAMILE DENEUVE
REBECCA ARMEL

TABLE DES MATIÈRES

Publishe en France par:
Rebecca Armel et Camile Deneuve

© Copyright 2021

ISBN: 978-1-64808-977-0

❀ Réalisé avec Vellum

UN CONTRAT D'UN MILLIARD DE DOLLARS

Angela Hayes est une belle citadine qui a besoin d'un peu d'action et d'aventures dans sa vie amoureuse. Elle avait un excellent travail dans une grande compagnie de marketing et elle venait juste d'apprendre que le PDG de la compagnie milliardaire ferait une apparition au sein de sa filiale.

Anderson Cromby est un sexy playboy milliardaire qui est le fantasme de toutes les femmes. Il est grand, mystérieux,bel homme et riche au-delà des mots. Il pouvait avoir n'importe quelle femme qu'il voulait, mais ses yeux étaient rivés sur la jeune et vibrante Angela.

Angela pensait qu'elle était satisfaite de ses occasionnelles passades ici et là, et elle aimait garder le contrôle sur les choses. Mais lorsque le milliardaire Anderson a pénétré son monde avec sa personnalité dominante et sa possessivité sexuelle, il l'a chamboulé – et d'une bonne manière !

1

PREMIÈRE PARTIE: CE QU'ELLE VEUT

Une aventure

Les bulles du bain étaient bien chaudes. Angela avait utilisé le supplément spécial bain moussant que sa mère, Karen lui avait offert pour son trente-deuxième anniversaire le mois dernier. C'était plaisant, cela sentait très bon et hydratait aussi très bien la peau. Elle regardait le jet de son bain, celui qui déversait l'eau chaude à haute pression en tournant simplement un bouton. Elle pensait à toutes les nuits solitaires qu'elle avait passées ici même, dans son petit appartement miteux, où ce jet était son meilleur ami. Ce jet n'annulait pas les rendez-vous ; ne donnait pas d'excuses. Il vous satisfaisait, un point c'est tout.

Angela était une jeune femme comme beaucoup d'autres de son âge. Elle avait terminé ses études depuis huit ans et travaillait en ville comme assistante juridique. Elle espérait un jour pouvoir réussir l'école de droit et devenir une avocate à part entière, accomplie. Elle était d'origine Italo-américaine, et avait une grande famille qui était éparpillée à travers tout l'État. Son père était décédé le jour de Noël, deux ans auparavant, et sa mère vivait seule dans un appartement qui était bien plus petit que le sien, de l'autre côté de la ville.

Angela se sentait mal pour sa maman, sincèrement, et essayait de lui rendre visite aussi souvent que son travail et sa vie sociale le lui permettaient. Ses cinq plus jeunes frères et deux sœurs étaient pour la plupart tous mariés et avaient leur propre vie et carrière. Peu d'entre eux étaient hommes d'affaires, et le reste étaient des gens de métiers – électriciens et plombiers et autres du même genre. Dans l'ensemble, la plupart des membres de sa famille semblaient être heureux de leur vie, et Angela était reconnaissante pour cela. Généralement, ils se réunissaient tous pour les vacances et Pâques arrivait à grands pas. Elle avait hâte de les retrouver.

Alors qu'Angela s'étendait dans son luxurieux spa féminin individuel, et regardait le jet, elle se demanda quand trouverait-t-elle un homme charmant qui pourrait être avec elle, la satisfaire, et partager sa vie. Angela ne sortait pas très souvent. Elle trouvait la plupart des hommes de son âge immatures et loin d'être prêts à s'engager, ce qui était étrange car elle avait trente-deux ans et cela était plutôt considéré comme un moment tardif dans la vie pour s'installer.

Elle avait entendu des histoires de couples se fréquentant à travers ces sites de rencontres en ligne, une option apparemment populaire pour rencontrer quelqu'un aujourd'hui, mais Angela était bien trop romantique pour s'aventurer sur cette route. Toutes ces amies avaient essayé, mais elle avait une image différente de la façon dont elle rencontrerait l'âme sœur. Elle le rencontrerait à une soirée caritative, par exemple, et ses yeux se fixeraient sur elle depuis l'autre côté de la salle. Il l'approcherait depuis l'autre côté de la piste et lui tendrait la main. « Voulez-vous danser ? » dirait-il. Et ils danseraient de manière romantique, sa main caressant le bas de son dos, et ils se perdraient dans le regard de l'autre.

Après son bain, elle mît une belle robe en soie et alla dans son salon. Elle se laissa tomber sur son confortable canapé et attrapa la télécommande. Elle parcourut les chaînes jusqu'à ce qu'elle tombe sur la chaîne d'informations. Il y avait apparemment un grand rachat au sein de la plus grande entreprise d'expertise de la ville et cet appel d'offres devrait conduire à la formation de la plus grande entreprise de ce type dans le pays. Elle pouvait déjà imaginer les prix de l'action grimpants. Bien dommage qu'elle ne possède aucune de ces actions, pensa t-elle.

Quelques minutes plus tard, il fut révélé que son cabinet d'avocats serait en charge de la majorité du travail légal entourant ce rachat. C'était samedi aujourd'hui, elle avait un autre jour de repos devant elle, mais elle savait que lundi serait chaotique. Elle pouvait déjà voir son patron lui hurlant des ordres à elle et son équipe.

Elle frissonna brièvement.

Finalement, elle décida qu'il était temps d'éteindre la télévision et d'aller au lit. Elle marcha à travers sa chambre, en passant par le frigidaire pour prendre un en-cas rapide,un morceau de fromage et un fruit, avant de se brosser les dents et d'aller au lit.

Cette nuit-là, elle rêva de la fusion, et du nouveau PDG, Anderson Cromby, qui serait en charge de la nouvelle entreprise. C'était un très bel homme qui s'habillait bien et il avait un goût fin en matière d'art, de sport, et de tout ce qui le passionnait. Il était devenu milliardaire, ayant fait fortune en investissant dans des entreprises de technologie, et était seulement un tout petit peu plus vieux qu'Angela. Elle avait entendu tout cela à travers les bruits de couloir au travail. Et maintenant, elle aurait peut-être même la chance d'être dans la même salle que lui, d'avoir une chance de le rencontrer !

Son rêve était très plaisant. Ils dansaient ensemble à un bal et il exécutait quelques bons pas de danse. Puis il lui demanda de rentrer avec lui à son luxueux appartement-terrasse en ville et ils se câlinèrent et regardèrent des films ensemble jusqu'à ce que le soleil se lève. Lorsqu'Angela se réveilla le matin, il lui restait un certain désir au fond de son cœur, il était évident pour elle qu'elle avait besoin d'un compagnon masculin. Elle en avait terriblement besoin.

Elle se doucha, s'habilla, et prit son petit déjeuner. L'horloge n'affichait que 7 heures 30, elle avait encore quelques heures avant qu'elle ne doive commencer à se préparer pour la journée. Elle passa ce temps supplémentaire à la salle de gym. Elle adorait faire de l'exercice le matin. Cela lui permettait de se sentir bien toute la journée, à l'aise dans son corps déjà magnifique. Elle était superbe pour une femme de son âge. Les hommes la prenaient souvent pour une femme ayant la vingtaine.

Son programme pour aujourd'hui, une fois qu'elle aurait terminé son sport, était de rencontrer Maxine pour un brunch au Carlisle Club de l'autre côté de la ville. Maxine Palmer était son amie la plus proche, et elles se connaissaient depuis le lycée. Maxine était joueuse de tennis professionnelle, et passait son temps à voyager d'un tournoi à l'autre. Elle s'était fait beaucoup d'argent grâce à ça. Elle estimait qu'elle pouvait encore s'améliorer, et chaque jour la rapprochait un peu plus de son but. Elle était mariée, à un comptable nommé Henry Palmer. Il s'agissait d'un mariage heureux et Maxine avait récemment annoncé à Angela qu'elle était enceinte. Les deux n'auraient pas pu être plus heureux. Ils avaient même fait savoir qu'ils souhaitaient qu'Angela soit la marraine de l'enfant à naître.

Angela ne conduisait pas, elle prit donc un taxi jusqu'au Carlisle Club et passa par la plus grande porte en bois. Elle fut accueillie par un portier qui lui proposa de lui montrer le chemin jusqu'où elle devait aller.

"Pas besoin," dit Angela, "Je suis déjà venue."

Le portier hocha de la tête et sourit aimablement. Angela marcha à travers la salle à manger et s'approcha du garçon d'hôtel.

"Angela, pour deux", dit-elle. Il lui indiqua une belle table à côté d'une grande baie vitrée donnant sur un panorama de la rue en bas. Maxine était déjà assise et était occupée à sentir les décorations florales qui ornaient leur table.

"Salut ma chérie !" s'écria Angela toute excitée.

"Chérie!" répondit Maxine, se levant pour prendre dans ses bras sa chère amie qui lui retourna l'accolade pleine de tendresse. "Tu as l'air en forme, ma chérie !" dit-elle

"Toi aussi!!" répondit Angela. "Tu es vraiment radieuse!"

"Pas mal pour une femme enceinte de trois mois, hein?" dit Maxine joyeusement avant de tourner autour de son amie pour voir à quel point elle était .

"Commandons des fruits de mer ! Et je vais prendre une sangria !" proposa joyeusement Angela.

"Toi et ta sangria. Moi je vais prendre un jus d'orange, et je vais l'adorer !"

Elles commandèrent leurs plats qui arrivèrent environ vingt-cinq minutes plus tard. Elles avaient chacune choisi un cocktail de crevettes et un assortiment de fromages, biscuits salés, et fruits . Elles mangèrent avec appétit, tout en papotant à propos de leur vie respective.

Maxine se plaignait de manquer les entraînements à cause de sa grossesse. Angela lui disait à quel point elle était nerveuse à propos de la grande transaction qui était en train de mijoter dans le monde de la fusion.

"Je suis sûre que tu vas les épater, Angela." dit Maxine pour la rassurer.

"Merci ma chérie." dit Angela en se forçant à sourire en retour.

Une fois l'addition payée et le ventre bien rempli, elles décidèrent d'aller prendre un bain de vapeur au sauna du club. Elles montèrent les marches vers l'espace d'entraînement et allèrent jusqu'au vestiaire. Elles se déshabillèrent, la douce peau noire de Maxine était absolument radieuse. Angela pouvait voir où son ventre ressortait comme seule une femme au terme de son premier trimestre le pouvait.

Angela retira ses vêtements et les accrocha à un des cintres en bois. Elle passa une serviette autour d'elle et les deux amies marchèrent vers le sauna. Il faisait très chaud et humide à l'intérieur de la cabine, et elles s'assirent dans un coin. Il y avait deux autres femmes assises à l'opposé d'elles en train de discuter. Elles parlaient de la grande fusion et d'Anderson Cromby, qui devrait être le nouveau PDG. Maxine était silencieuse, profitant du confort de la cabine de sauna. Et Angela écoutait.

"On dirait presque qu'il sort d'un rêve. La plupart des PDG sont vieux et repoussants," dit la première femme.

"Je sais. Tu sais, il ressemble un peu à mon mari, Ron. Sans les cheveux roux bien-sûr. Les cheveux d'Anderson sont tellement épais et bruns, j'adorerais passer mes doigts dedans. J'adorerais lui mettre le grappin dessus pour lui faire des choses," dit la deuxième femme.

"Ne m'en parle pas. Je mettrais sa bite dans ma bouche et je le sucerais comme s'il n'y avait pas de lendemain !" dit la première femme.

"Erica!" dit la seconde femme, embarrassée. "Il y a deux autres personnes ici."

"Oh je suis désolée, je ne vous avais pas vues. J'espère que l'on ne vous dérange pas," dit Erica.

"Non c'est bon," dit Angela de façon rassurante. "Croyez-moi, on a dit bien pire. Je vous présente mon amie Maxine, et je suis Angela. Enchantée de vous rencontrer toutes les deux."

Après le sauna, les deux amies retournèrent chez Angela pour y regarder un DVD. Elles se prélassèrent là pendant quelques heures, regardant un film, jusqu'au moment où elles décidèrent qu'il était temps de faire autre chose .

"Alors, qu'est-ce que tu vas faire si tu parviens à rencontrer Anderson Cromby ?" demanda Maxine.

"Qu'est-ce que tu veux dire, qu'est-ce que je ferai? Je la jouerai juste décontractée, comme je le fais normalement. Il ne serait pas le premier homme à avoir des vues sur moi, loin de là." répondit Angela.

"Non, mais si tu le rencontres il sera probablement le premier milliardaire que tu auras jamais rencontré." rétorqua Maxine.

"C'est vrai. D'accord, donc tu veux savoir ce que je ressens vraiment ? Je ne me le suis pas encore imaginé. Il a l'air super, mais quelles sont les chances qu'il choisisse une femme comme moi ? Qui sait s'il est réellement mon type ou non ? Il y a juste tellement de questions sans réponses."

"Et bien je suppose que tu as raison. Ce n'est qu'une hypothèse pour le moment. Mais c'est marrant de rêver, hein ?"

"Je te jure Maxine, des fois je pense que tu es medium. En fait, j'ai fait un rêve à propos de lui la nuit dernière."

"C'est pas vrai! Raconte moi tout."

Les deux amies passèrent le reste de l'après-midi à se prélasser et parlant de tout et de rien. Maxine continuait de rappeler à Angela qu'elle aurait l'opportunité de rencontrer Anderson. Comme si elle souhaitait qu'Angela ait une relation sérieuse. Mais Angela n'était pas sûre de le vouloir . Elle voulait juste un mec canon avec qui s'amuser. Elle ne savait pas trop si elle était prête pour s'engager ou pas.

~

Des habitudes de travail

LE MATIN SUIVANT AU TRAVAIL, Angela ne changea rien à sa routine. Elle répondit à quelques appels, envoya quelques e-mails, et discuta avec ses collègues. Le sujet principal était clairement la nouvelle acquisition de l'entreprise par le groupe Anderson.

Prendre en charge la fusion serait une grande tâche et il y avait beaucoup de travail à faire. Cela prendrait des années pour totalement régler toute la paperasse, mais l'entreprise d'Angela était la meilleure de la ville pour gérer ce genre de choses. Cet après-midi-là, il y eut une réunion d'équipe au cours de laquelle Eric Taylor, le président de l'entreprise, exposa les détails du dossier, dissipa les rumeurs et répondit aux questions à propos de ce que cette nouvelle affaire devrait exiger. Apparemment, Anderson devait visiter l'entreprise le jour suivant afin de se rendre compte de quel genre d'entreprise il s'agissait.

Angela ne put s'empêcher d'avoir la chair de poule lorsqu'Eric annonça qu'Anderson souhaitait rencontrer tout le monde. Cela signifiait qu'il devrait circuler autour de son bureau et qu'ils auraient peut-être une chance de se rencontrer. Angela fit un pense-bête pour se rappeler de porter son meilleur costume. Elle décida même d'aller chez le coiffeur et chez la manucure le soir même. Après la réunion , le reste de la journée sembla passer à toute vitesse. Tout le monde était à l'affût des dernières nouvelles, et on aurait dit que toutes les femmes du bureau s'extasiaient déjà à l'idée de voir Anderson.

Ce soir là, alors qu'Angela était chez la manucure, elle eut une petite conversation avec son esthéticienne. C'était une petite femme asiatique avec de beaux yeux noirs, et de longs cheveux bruns. Elle avait l'air d'être dans les débuts de la vingtaine. Elle n'avait jamais entendu parler d'Anderson, mais peu importe. Angela essaya de lui expliquer combien cet homme était important mais elle ne semblait pas être enthousiaste à son sujet. Peut-être que seules les femmes d'affaires comprenaient parfaitement la valeur de la conquête d'un célibataire pareil.

Si ce n'est que, le fait qu'il soit milliardaire aurait probablement dû susciter l'intérêt de l'esthéticienne.

Qu'est-ce que je ferais si j'étais milliardaire ? pensa-t-elle. Elle réalisa qu'elle pourrait avoir la vie dont elle avait toujours rêvé si elle avait autant d'argent. Elle pouvait déjà s'y voir : voyages au ski, somptueuses vacances aux Caraïbes, yachts de luxe, caviar et champagne, le rêve sans fin. Elle n'avait même pas encore rencontré cet homme qu'elle s'imaginait déjà quel style de vie ils auraient ensemble. *Ressaisis-toi, Angela.*

Angela paya l'addition avant de quitter le spa. Elle n'était qu'à quelques pâtés de maison de chez elle, elle décida donc de rentrer à pieds. Alors qu'elle marchait, elle tomba sur une de ses vieilles connaissances.

C'était Mark Stevenson. Ils étaient allés à l'université ensemble. Elle avait étudié l'Histoire de l'Art et il était biologiste. Ils avaient été bons amis. Ils avaient toujours beaucoup flirté , mais jamais rien ne s'était passé. Elle le trouvait mignon, en fait, la plupart des filles à l'époque le trouvaient mignon. Il était grand, 1,85m, et avait de la carrure. Ses épais cheveux bruns soignés étaient tous répartis du même côté. Son visage s'éclaira lorsqu'il reconnut Angela.

"Angela !" S'exclama-t-il avec enthousiasme. "Quelle surprise de te rencontrer ici !"

"De même! Qu'est-ce que tu fais dans ce coin de la ville?" demanda Angela.

"Je faisais juste une petite promenade. Je suis dans l'immobilier maintenant, et j'étais juste en train d'évaluer un bâtiment pas trop loin d'ici. C'est ici que tu vis ? Ça alors, Angela, tu as l'air superbe. On devrait aller prendre un verre un de ces quatre. Tu sais, pour se rappeler le bon vieux temps."

"Pourquoi pas maintenant ?" risqua-t-elle. Mark vit dans ses yeux qu'elle était très sérieuse. Il n'avait d'ailleurs aucun mal à discerner, au-delà de son air amical, qu'elle avait envie de tirer son coup. Elle avait vraiment besoin de s'envoyer en l'air. Et il sauta sur l'occasion, comme n'importe quel homme hétérosexuel au sang chaud ne l'aurait fait.

Elle se pencha vers lui et attrapa son entrejambe. Il pouvait sentir son odeur féminine et celle de je-ne-sais-quelle douce Eau-de-toilette.

" Je veux que tu me baises, Mark." lui murmura-t-elle à l' oreille. "Baise-moi comme tu ne l'as jamais fait à l'université. J'ai appris une chose ou deux depuis."

Mark commençait à bander et Angela resserra son emprise. Elle pouvait déjà dire qu'elle était de bonne taille. Elle le caressait à travers le tissu de son pantalon en lin, et Mark poussa un soupir de soulagement.

"Où vis-tu ?" demanda-t-il

"À quelques pâtés de maisons . »

Ils marchèrent main dans la main vers son appartement, prirent l'ascenseur jusqu'à son étage, et commencèrent immédiatement à se déshabiller l'un et l'autre tout en ouvrant la porte. Leurs vêtements étaient éparpillés dans tout l'appartement d'Angela.

Ils atteignirent le lit, tout en se caressant. Angela retira sa chemise, puis son soutien-gorge, et ensuite son pantalon. Elle se sentait nue dans sa culotte rouge en satin et elle adorait cela. Mark retira sa chemise et son pantalon, et enleva ses sous-vêtements. Son gigantesque membre attira l'attention d'Angela, il bandait complètement. Elle mesurait facilement dans les vingt ou vingt-trois centimètres.

Angela l'attrapa et le poussa sur son lit. Elle resta là pendant un court moment, planant au-dessus du lit, prenant un moment avant de s'y plonger . Il examina son corps. Ses tétons étaient plus parfaits encore qu'il les avait imaginés. Ils étaient pleins, ronds et pointaient tel une parfaite goutte d'eau. Il pensa même qu'elle aurait pu faire la couverture de Playboy. Elle semblait tellement parfaite.

Lorsqu'elle se glissa hors de son pantalon, il remarqua que son entre-jambe était complètement épilé. Elle roula sur le lit jusqu'à lui et mis sa main sur son membre en érection. Elle murmura à son oreille.

"Je rêve de ça depuis l'université. Quel est ton fantasme ?"

"Je envie de te baiser toute la nuit, Angela," répondit Mark honnêtement. « J'ai toujours rêvé de ravager ce corps parfait. »

"Alors faisons-le !"

Ils baisèrent passionnément pendant près d'une demi-heure. Le rythme auquel Mark la pénétrait était ce dont Angela avait besoin. Elle jouît plusieurs fois alors qu'il la pénétrait, avant que Mark ne dise qu'il y était presque. Elle le suça pour le faire jouir et avala la charge virile de son sperme. Après qu'ils aient terminé, ils se glissèrent sous la couverture l'un à côté de l'autre et s'enlacèrent pendant ce qui semblait être une éternité.

Plus tard dans la soirée, après une brève sieste au cours de laquelle les deux amants s'allongèrent chacun niché dans les bras de l'autre, Angela se réveilla pour prendre une douche. Quand elle retourna dans sa chambre, il n'y avait plus aucun signe de Mark. Juste une note qu'il avait griffonnée et laissée sur le lit défait. Elle disait :

« Chère Angela. J'ai passé un merveilleux moment cette nuit. Je ne veux pas que cela devienne une de ces 'choses', alors je veux juste dire que je serai dans le coin. Tu peux me joindre sur le numéro de ma carte de visite, j'y vais. »

Angela savait lire entre les lignes. Elle ne s'était jamais imaginée que l'aventure de cette nuit aurait conduit à une relation. Ce n'est pas ce qu'elle voulait avec lui de toute façon. Elle voulait juste du sexe avec un type canon.

Un grand sourire fit son apparition sur son visage alors qu'elle chiffonnait la note et la jetait dans la poubelle. Elle prit sa carte, comportant son adresse professionnelle, numéro de téléphone, et adresse e-mail et la mit dans son sac. Cette nuit, lorsqu'elle s'allongea dans son lit, des idées d'aventures et de sexe apparurent dans ses rêves. Elle avait la sensation étrange que sa vie allait prendre un tournant drastique, dans le bon sens. A bien des égards, cela avait déjà commencé.

Le jour suivant au bureau, Angela était à la fois très nerveuse et excitée. La grande nouvelle allait être communiquée à l'équipe. Elle portait sa plus belle tenue, et avait fière allure. Elle reçut même quelques compliments de certains collègues lui disant à quel point elle était ravissante. La matinée passa assez rapidement et après manger elle n'avait pas beaucoup de travail à faire, elle appela donc Maxine pour faire le point et voir comment elle allait. Maxine avait eu un match de tennis le matin même et était chez elle, sur le point de mettre de la glace sur sa cheville, qu'elle s'était tordue.

"Alors, tu l'as vu ?" demanda Maxine. "Non," répondit Angela. "Pas encore."

Finalement, vers 4 heures de l'après-midi, son patron rassembla l'équipe et leur fit savoir qu'Anderson viendrait au bureau pour "voir ce qui s'y passe". Tout le monde était alors supposé bien se comporter, et faire de son mieux pour se montrer sous son meilleur jour.

Lorsqu'Anderson arriva avec environ quatre autres avocats de son entourage, le cœur d'Angela cessa de battre. Il était très attirant, environ 1m80, et avait des cheveux marrons foncés épais, et les yeux bleus. Il semblait marcher très rapidement et balayait tout l'espace du regard , comme s'il voulait se faire une rapide impression du bureau. Il ne s'attarda sur aucun domaine en particulier, se contentant de flâner à son aise. Puis il marcha jusqu'à Eric et lui serra la main. Ils discutèrent de certains problèmes pendant quelques minutes. Angela ne savait pas vraiment de quoi ils parlaient. Mais Éric souriait. Les yeux d'Anderson explorèrent la pièce. A ce moment-là, Angela aurait pu jurer qu'Anderson échangea un regard avec elle, mais c'était comme impossible de le savoir. Finalement, Anderson, fit un tour, retourna vers l'ascenseur, et le prit pour descendre au rez-de-chaussée, accompagné de ses collègues.

C'était le plus proche qu'Angela puisse espérer ce jour-là. *Quelle émotion.*

Après le travail, Maxine et Henry invitèrent Angela à leur appartement situé de l'autre côté de la ville. Le plan était de manger un bon plateau de fruits de mer et de regarder ensuite un DVD de leur grande collection. Le dîner se déroulait vraiment bien. Henry décrivait en détail les défis qu'il rencontrait au travail. Apparemment les comptables au bureau étaient en train de changer des normes qui allaient de nouveau être mises en pratique, cela signifiait qu'il devrait soit retourner à l'école soit apprendre une tonne de nouvelles informations par lui-même. Angela et Maxine essayaient de le soutenir le plus possible. Et la discussion reprit sur la grossesse de Maxine encore une fois.

"Alors c'est quand la date d'échéance ?" demanda Angela

"Dans exactement six mois depuis hier. Je suis si excitée ! On l'est tous les deux !" Maxine prit la main d' Henry.

"Et tu connais déjà le sexe du bébé ?"

"Il est encore trop tôt pour savoir" dit Henry. "Nous avons prévu des prénoms en fonction du sexe. Nous pensons à William si c'est un garçon et Tracy si c'est une fille."

"Ce sont de très jolis prénoms," dit Angela. "Dis, ce n'est pas pour changer de sujet, mais quel film vous voulez regarder ce soir ? J'ai vraiment besoin de me détendre. La journée de travail a été si palpitante."

"Tu l'as vu ?" demanda Maxine.

"Attendez - on est en train de parler de qui ?" interrompit Henry.

"Oh," continua Maxine. "La compagnie d'Angela est responsable du travail juridique d'une grande offre de rachat. Le groupe d'Anderson Cromby est en train d'acheter le plus grand cabinet de conseil de la ville. C'est une grande nouvelle. Angela espérait entrevoir Anderson aujourd'hui. »

"Et je l'ai vu!" s'exclama Angela.

"Félicitations, alors!" dit Henry, s'amusant lui-même.

"Il était tellement magnifique, vous savez," dit Angela. « Ses yeux étaient incroyables. Ils étaient si grands, et bleus. C'est évident que c'est quelqu'un de vraiment généreux. Et ce n'est pas surprenant qu'il soit PDG. Je veux dire, j'ai juste pu l'apercevoir mais il semble très intelligent. Et tellement attirant. Je me demande où il s'entraîne."

"Si tu découvres où est son club de gym peut-être que tu pourrais aussi aller t'entraîner là-bas et tomber sur lui 'par hasard' " suggéra Maxine.

" C'est une bonne idée ça. Je me demande comment on peut trouver ce genre d'informations, " s'interrogea Angela.

"Tu pourrais peut-être mener ton enquête, » continua Maxine gentiment. " Appelle son assistante et prétends être membre du personnel d'un club de gym. Ensuite demande juste quand est-ce qu'il a prévu de revenir. Dis qu'il a laissé un document dans les vestiaires ou quelque chose. Si tu demandes de confirmer l'endroit où il s'entraîne, ils seront forcés de te donner cette information."

C'était une bonne idée. Angela retourna ça dans sa tête pendant un moment et décida que ça valait le coup d'essayer. Pendant le film qui suivit le dîner, des pensées et des idées sur une potentielle rencontre avec Anderson Cromby dansaient dans son esprit. Elle était impatiente de retourner au travail le jour suivant.

Une fois la soirée terminée, Angela remercia Maxine et Henry pour ce merveilleux moment. Elle remercia tout particulièrement Maxine pour son incroyable suggestion « d'enquête ». Elle quitta leur appartement, prit un taxi dans le centre-ville, et arriva à son propre appartement. Elle était prête à aller au lit et elle s'endormit quelques instants après.

Le matin suivant, elle n'alla pas au sport pour se rendre directement au travail. Elle arriva au bureau tôt et rechercha sur internet des informations sur Anderson Cromby. Elle fut en mesure de trouver le lien jusqu'à son assistante et le sauvegarda sur son bureau. Elle allait appeler autour de midi, moment où elle savait que l'assistante serait là.

$\sim$

Une Réunion occasionnelle

ANGELA DÉCROCHA LE TÉLÉPHONE, et composa le numéro de l'assistante d'Anderson. Le téléphone sonna plusieurs fois, et personne ne décrochait. Le cœur d'Angela battait à cent milles à l'heure. Finalement, une voix féminine se fit entendre au bout du fil , elle dit "Anderson Cromby et Associés."

Angela ne perdit pas une seconde pour se mettre dans le rôle ; « Euh, oui, bonjour, » commença-t-elle. "Mon nom est Rachel Goodale, j'appelle de la part du Carlisle Club. Il semble que nous ayons ici un document comportant le numéro de téléphone et le nom de M. Cromby. Il a dû le laisser ici au cours de l'une de ses séances . Pourriez-vous me dire à quelle adresse il a prévu de se rendre pour faire du sport pour que je puisse laisser les documents à sa disposition ?"

"Bien-sûr," dit l'assistante. "Il sera à King Street ce soir. C'est toujours là que M. Cromby s'entraîne. Et c'est toujours en soirée. Il arrive là-bas vers environ 20 heures."

"Merci beaucoup," continua Angela. "Vous avez été d'une grande aide. Nous pourrons ainsi lui remettre. Merci."

Angela raccrocha le téléphone, et remarqua que son cœur battait très vite. Ce soir allait être sa grande chance de rencontrer Anderson face à face. Tout ce qu'elle avait à faire était de trouver un moyen de lui tomber dessus, avant de le charmer pour qu'il tombe amoureux d'elle. Elle décida qu'elle arriverait là-bas un peu plus tôt afin d'explorer les différentes possibilités.

7 heures du matin ça devrait aller, pensa-t-elle. Elle devra prêter une attention particulière à ce qu'elle portera. Elle pensait opter pour un body noir et des baskets Nike. Elle relèverait ses cheveux, comme si elle venait tout juste de s'entraîner. Un soutien-gorge de sport serait aussi une bonne idée, non pas qu'elle en ait besoin. Sa poitrine était forte et généreuse et avait bonne allure avec ou sans soutien-gorge Elle se demandait si elle devait inviter Maxine ou pas à l'accompagner. Elle pourrait trouver cela exaltant de la voir rencontrer Anderson. Elle décida qu'elle l'appellerait pour demander. Elles pourraient au moins dîner au club avant qu'elle n'enfile sa tenue d'entraînement, pour mettre au point un plan afin qu'elle puisse rencontrer Anderson. Elle appela Maxine chez elle .

"Salut, Maxine?" après quelques sonneries.

"Oui, salut Angela. Quoi de neuf ? T'as appelé le club de gym ?" demanda Maxine.

"Oui, je l'ai fait, tout se déroule exactement comme prévu. Il arrive au club à vingt heures pour s'entraîner. Je vais m'arranger pour être là-bas et lui tomber dessus. Je me demandais si tu voudrais bien dîner avant. On pourrait manger du saumon fumé et du fromage ou autre chose."

"Pourquoi pas. Je te retrouve là-bas vers 5 heures 30 de l'après-midi alors ?

"Oui, bonne idée. Et amène Henry s'il veut venir. Je devrai mettre ma tenue de sport à 19 heures, si je veux avoir une bonne chance de le rencontrer. Et cela ne me fera pas de mal de m'entraîner un peu moi-même."

"Merveilleux, on se voit plus tard," dit Maxine et elle raccrocha le téléphone.

Angela passa le reste de la journée dans un certain désarroi. Elle réalisa que ça allait être un grand saut en avant, si elle pouvait rentrer dans la vie d'Anderson. Aussi, professionnellement, si elle parvenait à être avec Anderson il devrait y avoir de nouvelles opportunités pour elle. Une fois la journée terminée , elle rentra chez elle et se changea. Elle mit son survêtement par-dessus son body noir et son soutien-gorge de sport, et lassa ses baskets. Elle se rendit au club à 17 heures 30 pour retrouver Maxine et Henry. Ils n'étaient pas encore arrivés, elle s'assit alors à l'une des tables en verre près de la grande fenêtre qui donnait sur la rue en bas.

La table était ornée de belles fleurs. Quelques minutes plus tard, Maxine et Henry arrivèrent et sourirent de manière franche à Angela. Ils s'enlacèrent, se serrèrent les mains, et prirent place.

Après qu'ils aient commandé le saumon fumé, des biscuits salés, et un plateau de fromage, le sujet de conversation reprit sur les plans d'Angela.

"Alors, tu vas vraiment le faire ?" demanda Henry.

"Bien sûr," répondit Angela. "Je suis très excitée. J'ai seulement pu le voir de loin, mais jamais d'aussi près et ni de façon personnelle. Cela devrait être une nuit excitante. »

"On dirait que tu es déjà être amoureuse de lui, » songe Henry. "Ça doit être un homme assez spécial, pour que l'invincible Angela puisse avoir des sentiments pour lui."

Angela ne put se retenir de rire. "Eh bien, disons juste que j'ai fait certains rêves à son sujet."

"Donc c'est littéralement l'homme de tes rêves", dit Maxine en riant.

"Je suppose que oui," dit Angela. Elle semblait sérieuse maintenant. Comme si elle contemplait le tournant que prenait sa vie.

Henry alluma un cigare cubain et cracha quelques anneaux de fumée. Ils avaient encore quelques minutes avant qu'Angela n'aille à la salle. Henry offrit un de ses cigares à Angela mais elle refusa. Il lui passa alors le sien et elle accepta. Elle souffla elle-même quelques anneaux de fumée avant de le rendre. Elle avait toujours aimé l'odeur et le goût d'un bon cigare. Elle n'en fumait pas souvent mais savourait l'opportunité de le faire.

Lorsque ce fut le moment d'aller à la salle, Angela s'excusa poliment et dit au revoir à ses deux amis. Elle se dirigea vers l'ascenseur puis descendit au deuxième étage. Elle entra dans le vestiaire des femmes et se rendit jusqu'à son casier. Il y avait une jeune femme magnifique qui enlevait ses vêtements à côté d'elle. Elle semblait être d'origine méditerranéenne avec une jolie peau mate et d'épais cheveux noir, qui tombaient jusque dans le bas de son dos. Sa poitrine était ferme et bien ronde, ses tétons se tenaient bien droit. Angela la regardait du coin de l'œil alors qu'elle enfilait un peignoir, et marchait pieds nus jusqu'au sauna. Angela n'avait jamais été attirée par les femmes mais elle appréciait leur beauté. Angela s'habilla et se dirigea vers la salle d'entraînement. Il était 7 heures 15.

Angela s'occupa sur l'un des vélos de cardio. Elle décida que faire un peu de sport avant de rencontrer Anderson était probablement une bonne idée. Elle passa environ vingt minutes à faire du cardio, et se mit ensuite aux haltères. Elle voulait tonifier son corps et incluait toujours les poids à son programme d'entraînement. Ils l'aidaient à brûler les excès de calories faits dans la journée, et Angela était le genre de personne qui mangeait toujours ce qu'elle voulait. Elle ne croyait pas au régime yo-yo.

Finalement, quelques minutes avant 20 heures, Angela se dirigea vers les portes principales. Et voilà qu'Anderson Cromby ouvra les portes et passa le seuil d'entrée du club. Il portait un débardeur violet et un short noir, avec des chaussettes blanches et des baskets bleues. Il croisa rapidement le regard d'Angela et lui sourit brièvement. *Il m'a souri !* Angela se mit à contempler les bras d'Anderson, qui étaient très musclés. Elle se rendit compte qu'il devait être un habitué de la salle de gym. Il était temps d'agir. Angela mit rapidement en œuvre son plan, et lâcha sa bouteille d'eau rose pleine juste en face de lui. Anderson fit un mouvement vers la bouteille d'eau pour l'aider à la ramasser. Angela se pencha et les deux se rencontrèrent par hasard.

"Oh mon Dieu!" s'exclama Angela. " Je suis désolée ! "

"C'est rien !" répondit Anderson. Il ramassa la bouteille d'eau et la remit à Angela. Ils se regardèrent pour la deuxième fois. Cette fois ils se fixèrent un peu plus longtemps.

Puis Anderson l'évalua brièvement, son regard faisant son chemin depuis sa poitrine jusqu'à ses jambes pour revenir ensuite vers le haut. Elle pouvait voir pourquoi il avait autant de succès. Il ne faisait aucun doute qu'il était très doué pour se faire rapidement une image sur quelqu'un. Et heureusement pour Angela, sa première impression était très positive.

"Dites," commença-t-il. "Je ne vous ai jamais vue à ce club avant. Vous venez souvent ici faire de l'exercice?"

"En fait, je suis juste venue ici regarder les beaux garçons," s'amusa-t-elle.

Anderson rit. Son rire était d'une beauté. Moyennement aigu et très masculin, et qui venait du ventre.

"Alors vous avez eu du succès?" demanda Anderson, continuant sur la blague au ton séducteur.

"Pas jusqu'à maintenant," répondit Angela. Sa voix prit soudainement un ton bien plus sérieux. Elle atteignit son bras puis attrapa son avant-bras et le serra tendrement.

Anderson déglutit. Puis son visage devint complètement sérieux.

"Bien, alors peut-être que cela ne vous dérangerait pas si je vous invitais à dîner Vendredi soir ?"

"Ce serait merveilleux. Je m'appelle Angela Hayes."

"Anderson Cromby. Tout le plaisir est pour moi."

Angela retira sa main et la porta à sa bouche, suivant le contour de ses lèvres tout en le fixant longuement, lui offrant son plus beau regard. Elle n'avait même pas à faire semblant, elle était sincèrement chaleureuse avec cet homme magnifique.

"Il y a un nouveau restaurant italien très charmant qui vient juste d'ouvrir sur la 7ème, le Carolina. J'avais envie d'y aller pour essayer. Donnez à mon ami votre adresse et je viendrai vous chercher à 18 heures " Et suite à cela, Anderson lui sourit encore une fois et se dirigea vers les appareils de musculation.

Angela donna l'information à son ami, un gigantesque noir, qui à l'évidence s'entraînait lui aussi. Elle se demanda s'il s'agissait de son ami ou de son garde du corps. Ne souhaitant pas gâcher ce moment, elle retourna rapidement vers les vestiaires.

Cette nuit-là elle regarda la télévision, et rêva de ce qu'il allait se passer par la suite. Elle n'arrivait pas à croire à quel point son plan s'était bien déroulé. Plus que deux jours jusqu'à Vendredi ! Elle ne savait pas comment elle allait réussir à attendre aussi longtemps. Son téléphone sonna et elle le prit pour le regarder. C'était Mark Stevenson, lui envoyant un message. Il disait :

"Salut Angela. J'ai pensé à toi l'autre jour. Je suis encore à côté de chez toi ce soir, je cherche un nouvel appartement. Je me demandais si je pouvais passer avec un DVD et du pop-corn."

Angela s'était beaucoup amusée avec Mark la dernière fois qu'ils avaient passé un moment ensemble. Elle décida que voir Mark ce soir pourrait être une bonne idée. Après tout, il était encore tôt. Elle lui écrit un message en retour, lui disant qu'il pouvait passer.

Angela entra dans la baignoire et attendit que Mark lui envoie un autre message, lui faisant savoir qu'il était là. Elle regardait son jet d'eau, et, comme souvent, se demanda si elle devait l'utiliser pour se faire du bien. Et aussi, si elle devait l'utiliser afin de se chauffer pour Mark. Elle ajouta quelques bulles et se détendit. Sa baignoire était totalement équipée de jets d'eau, qui étaient actuellement en train de masser son dos. Elle s'étendit et laissa les extraits botaniques pénétrer sa peau.

Plusieurs minutes passèrent. Elle laissa des pensées d'Anderson envahir son esprit. Elle n'était pas sûre de savoir quand elle serait en mesure de coucher avec lui. Peut-être que coucher avec Mark ce soir serait la meilleure chose à faire. Soudainement, son téléphone se mit à sonner. Elle regarda le message. Mark était arrivé. Elle lui dit de monter et de venir directement à la salle de bain. Elle ne reçu aucune réponse du côté de Mark.

Quelques instants après, Mark ouvrait la porte de son appartement et entrait à l'intérieur. Il était habillé d'un manteau et d'un fin costume italien. Le son de ses mocassins sur le parquet résonnait dans le petit appartement. Il entra dans la salle de bain et s'appuya contre l'embrasure de la porte. Il portait une bouteille de champagne dans une main et un DVD et du pop-corn dans l'autre.

"Où dois-je mettre mon manteau?" demanda-t-il.

"Quel est le problème Mark, pas de 'bonjour' ?" répondit Angela timidement.

"Mille pardons Mademoiselle. Bonjour, mes meilleures salutations au plus beau cul que j'ai jamais rencontré."

Angela rit, malgré elle. "C'est mieux. Maintenant viens ici pour que je puisse mieux te voir. Je veux toucher ce costume. On dirait qu'il a coûté très cher."

"Si le contrat sur lequel je travaille actuellement se déroule comme prévu, je serai en mesure d'en acheter beaucoup d'autres comme celui-là. Et je pourrai t'emmener dans n'importe quel restaurant qui te fais envie. N'importe quel restaurant que tu mérites. Merde, je peux déjà faire ça."

"Oui, mais ce sont nos rendez-vous ici que j'apprécie le plus," dit Angela.

Mark s'approcha de la baignoire et s'assit sur le bord. "Je peux à peine te voir à travers toutes les bulles," dit-il

"Je ressemble à peu près à la même que la dernière fois que nous nous sommes vus. Ou as-tu oublié ?"

"Je ne pourrai jamais oublier à quoi tu ressembles." Mark glissa ses mains dans le bain et prit quelques-unes des bulles sur sa paume. Il les envoyait à Angela de façon malicieuse. Angela s'empara alors de sa main et écarta les jambes avant de la rediriger entre ses cuisses. La main puissante de Mark effleura l'intérieur d'une de ses cuisses et trouva son chemin jusqu'à sa chatte. Il inséra un doigt et commença à la doigter dans l'eau. Angela mit la tête en arrière et gémit. Cela faisait vraiment du bien. C'était presque aussi bon que ce que ce serait lorsqu'Anderson y insérerait plus qu'un doigt.

Après quelques moments, Mark se leva et retira son manteau, le posant sur un crochet derrière la porte de la salle de bain. Il se leva et commença à flâner sur le corps d'Angela – presque totalement nue.

"Qu'est-ce que tu fais, Mark?" demanda Angela

"Je t'admire," répondit-t-il

"De quoi j'ai l'air?" demanda Angela se prenant au jeu.

"Tu as l'air de tas de choses. Tu as l'air d'une déesse grecque. Tu as l'air d'une beauté Italo-américaine. Tu ressembles aux peintures des femmes nues que je vois à la galerie d'art. Tu ressembles à Angela Hayes.

"Est-ce que je ressemble à une femme qui va baiser ce soir ? »

"C'est complètement possible. Y-a-t-il de la place dans ce bain pour une seconde personne?"

"Non dans ce bain, non. Mais j'étais juste sur le point de sortir. »

Angela se redressa avant de placer un pied sur le carrelage en dehors du bain, se mettant ainsi debout. Elle éteignit ensuite le jet d'eau et retira le bouchon de la baignoire. Elle fit signe à Mark de lui apporter l'une de ses serviettes accrochées. Il lui remit, tout en remarquant à quel point la serviette était souple et douce au contact de sa main. Elle la mit autour d'elle et quitta la salle de bain pour regagner sa chambre. Mark suivit docilement, incapable de détourner son regard d'elle.

~

Amusement métropolitain

ANGELA CHOISIT le plus confortable des pyjamas de son tiroir. Ils avaient une sensation très agréable sur sa peau douce. Elle laissa la serviette tomber puis courba la taille. Elle savait que Mark ne quittait pas son corps des yeux, et qu'il avait une belle vue sur sa chatte depuis derrière. Le fait de penser à lui la regardant, suscitant ainsi son excitation, l'excitait également. Elle sentit qu'elle commençait à mouiller. Une fois vêtue de son pyjama, elle attrapa Mark par la main et le conduisit jusqu'au canapé, qui était positionné en face de sa grande télévision écran plat.

"Quel film as-tu apporté?" demanda-t-elle.

"Forrest Gump,"dit-il. "J'espère que ça te va."

"Absolument. J'adore ce film. Tom Hanks est l'un de mes acteurs préférés," répondit Angela.

"Parfait," dit-il. "Ce pyjama te va très bien au fait. Tu étais aussi superbe sans. »

Angela examina Mark, qui était en train de s'asseoir à côté d'elle, et lui fit un clin d'œil. Elle posa sa main en-dessous de sa ceinture et commença à le masser à travers le tissu de son pantalon.

"Pourquoi ne te mets-tu pas plus à l'aise ? Enlève cette veste. »

Mark retira sa veste et la laissa sur l'une des chaises du salon. Il dénoua ensuite sa cravate et l'entoura autour de la même chaise. Il retourna s'asseoir sur le canapé. Angela remarqua qu'il y avait une large bosse au niveau de son pantalon. Et elle avait envie de le soulager. Elle ouvrit lentement sa braguette pour faire sortir son membre en érection. Elle se rappelait si bien de ce pénis depuis la dernière fois qu'ils avaient partagé ce moment ensemble. C'était une belle bite. Bien montée, musclée, élancée et qui mourait d'envie d'être soulagée. Elle s'agenouilla devant lui et le regarda dans les yeux. Il la regarda aussi et sourit. Elle lui retira alors complètement son pantalon, puis elle fit glisser son caleçon jusqu'à ses chevilles . Elle attrapa ses testicules dans une main, et plaça sa bouche sur le bout de son membre. Elle embrassa sa bite, en faisant un aller-retour. Elle utilisa ensuite sa langue pour dessiner des cercles autour de ses couilles, en léchant et remontant ainsi le long de son manche. Elle le prit ensuite dans sa bouche et elle engloutit avidement tout son sperme. Ayant terminé ce qu'elle pensait être une bonne pipe, elle retourna s'asseoir à côté de lui sur le canapé et elle se blottit contre sa poitrine.

Le film n'était qu'à la moitié lorsque Mark tourna la tête pour embrasser le haut de l'épaisse chevelure brune d'Angela.

"Mon Dieu, tu es si belle," dit-il d'un ton sincère. "Je pourrai m'habituer à tout ça."

"J'adore que tu viennes ici aussi. Mais tu ne t'es pas encore tapé ta promise. Tu as dit que tu allais me baiser. »

Angela releva sa tête et regarda profondément les grands yeux bleus de Mark. Mark se pencha en avant pour un baiser, et Angela lui retourna ce baiser. Elle glissa ses doigts à travers les cheveux bruns de Mark et commença à l'embrasser passionnément. Il se pencha ensuite sur elle, et elle s'étendit sur le canapé. Il se positionna au-dessus d'elle et fit glisser le bas de son pyjama.

"Les préservatifs sont dans le placard là-bas," dit-elle d'un ton neutre.

Mark attrapa un préservatif et l'enfila. Il entra ensuite en elle et ils commencèrent à faire l'amour. Dix minutes après le début de l'acte, Angela était sur le point d'avoir un orgasme. Elle jouit tout en haletant et en criant son nom.

"Mark! Mark! Oh oui, " s'exclama-t-elle.

Mark était sur le point de venir au même moment, et les deux jouirent en extase ensemble. Puis, Mark retira et se débarrassa du préservatif utilisé. Ils s'allongèrent ensemble dans les bras l'un de l'autre, se caressant et regardant le reste du film. Cette nuit-là, ils dormirent ensemble dans son grand lit. Mark devait se lever tôt, environ 6 heures du matin, pour aller chez lui et se changer pour une réunion de ventes. Angela l'embrassa pour lui dire au revoir et paressa dans le lit pendant encore une heure . Elle n'arrivait pas à effacer le sourire hébété de jeune lycéenne de son visage. Entre le sexe avec Mark et l'arrivée de son rendez-vous avec Anderson, les choses allaient plutôt bien dans sa vie.

Angela décida d'appeler Maxine avant le travail. A chaque fois qu'elle se sentait heureuse, elle ressentait le besoin de partager ce sentiment avec sa meilleure amie. Maxine répondit après quelques sonneries.

"Mon amie!" commença-t-elle de manière toute excitée.

"Il fallait que je t'appelle!" s'exclama Angela. " J'ai de si bonnes nouvelles. J'ai un rendez-vous avec Anderson ce Vendredi au Carolina, et j'ai couché avec Mark la nuit dernière. "

"Tout va bien pour toi alors !" s'exclama Maxine. "Partage un peu de ces ondes positives avec moi !"

"Oh, tout va très bien pour toi aussi," dit Angela gentiment. "Tu as un mari formidable. Et un bébé en chemin !"

"Je parie que bientôt M. Cromby et toi direz la même chose. Une idée de comment tu appelleras l'enfant ?"

Angela rit. "Ne commence pas, Maxine! Quoi qu'il en soit, passe une bonne journée. Il va bien falloir que cette journée passe, même si j'ai trop hâte d'être à Vendredi. On se parle plus tard."

Ce jour là, au bureau, Angela s'occupa de sa routine habituelle. Elle devait prendre contact avec certains de ses clients pour être sûre que leurs emplois du temps soient bien synchronisés. Eric s'arrêta à son box pour voir comment les choses se déroulaient. Ils discutèrent pendant un moment. Angela s'était toujours bien entendue avec Eric. C'était un très bon patron. Très juste et raisonnable. Aujourd'hui, il semblait surexcité au regard de la fusion et du fait que le groupe Anderson serait maintenant leur client majeur.

"C'est très important, Angela," dit-il. « Une fois que tout sera finalisé,de nouveaux postes s'ouvriront. Continue de travailler dur, il pourrait y avoir quelques opportunités pour toi. Tu es l'une de nos employées les plus travailleuses"

Angela put seulement sourire et répondre sincèrement, "Merci Monsieur"

Pendant sa pause-déjeuner, Angela décida d'appeler sa maman.

Cela faisait une semaine ou deux qu'elles n'avaient pas parlé, et elle voulait avoir de ses nouvelles . Angela aimait sa mère de tout son cœur. Depuis que son père était mort, Karen était pratiquement la seule famille proche qu'elle avait. Sa sœur la plus proche, Rosalie, était loin, en train de passer son Master à l'autre bout du pays, et ne pouvait rentrer pour rendre visite à famille qu'à certaines occasions. Depuis que Karen avait elle aussi déménagé au centre-ville, Angela essayait d'être le plus proche possible et de garder contact avec elle. Angela décrocha le téléphone et composa le numéro de téléphone de sa mère.

"Allô ?" répondit Karen.

"Salut Maman!" s'exclama Angela avec enthousiasme.

"Chérie! Comment vas-tu ? Ça fait une semaine que tu ne m'as pas appelée ! J'ai vu ton cabinet d'avocats aux infos. On dirait que des tas de choses intéressantes sont en train de se passer."

"Tu l'as dit Maman! Les choses ne peuvent pas mieux aller. Je viens de parler avec Eric, il m'a dit que de nouvelles opportunités pourraient bien s'ouvrir, maintenant que nous sommes en train de devenir un client majeur."

"Quelle bonne nouvelle, Angela. Tu as autre chose à me raconter ? Quelque chose sur un nouveau petit ami peut-être ?" La mère d'Angela avait toujours été très curieuse , qu'Angela soit casée ou pas. Elle voulait voir sa fille aînée heureuse. Et elle disait souvent qu'elle souhaitait avoir des petits-enfants un jour.

"Oh Maman, tu sais que je te le dirai dans la minute si je m'engageais dans une relation. J'aime juste être célibataire pour le moment. Mais j'ai un énorme rendez-vous ce vendredi. Avec Anderson Cromby."

DEUXIÈME PARTIE: CE QU'ELLE DÉSIRE

Le Grand Rendez-Vous

Comme vendredi soir approchait, Angela imaginait de quelle manière son rendez-vous avec Anderson allait se terminer . Elle s'imaginait buvant un verre de champagne avec lui, tout en arrivant au restaurant dans une limousine noire. Elle pensait à ce qui pourrait se passer après dîner, comment elle rentrerait chez lui. Puis, elle réalisa qu'elle ne savait pas encore où il vivait. Elle devait trouver une bonne raison de lui demander. Elle s'imaginait qu'il possédait plusieurs maisons luxueuses à travers la ville et le pays.

Il était presque 18 heures en ce vendredi soir, elle devait donc décider quelle robe elle porterait. Elle regarda dans son dressing, et vit différentes options. Il y avait une robe sans manche noire,t soyeuse et sexy. Il y avait une robe bleu nuit décolletée qui soulignait sa poitrine souple. Il y avait également une belle robe jaune avec une fente très sexy tout le long de la jambe. Au final, elle choisit la robe noire sans manche qui était à la fois sophistiquée et sexy.

Quelques minutes après 18 heures, son téléphone sonna. C'était le chauffeur d'Anderson, appelant pour lui faire savoir qu'il était en bas et prêt à partir. Angela prit l'ascenseur et monta dans la longue et grande limousine. Le chauffeur ouvrit la porte à l'arrière et Angela se glissa sur les confortables sièges en cuir. Anderson était assis à l'intérieur lisant un journal et portant un élégant costume noir Armani. Il posa le journal à la seconde où elle entra et lui lança un sourire sensuel.

"Salut, Angela!" dit-il. "C'est bon de te revoir! Tu es absolument époustouflante."

"Merci Anderson. Tu as aussi très belle allure. J'aime beaucoup ton costume."

"Oh, je te remercie du compliment. J'en ai des douzaines comme celui-ci. Lorsque je trouve un costume qui me plaît, je demande à mon tailleur de m'en faire plusieurs sur mesure. Je n'ai jamais été du genre à choisir une nouvelle tenue chaque jour. "

"J'avais à peu près trois options différentes pour ce soir," dit Angela, riant un peu.

"Je suis ravie d'être venue avec cette robe noire. Maintenant, nous sommes raccord ! "

Anderson rit, et attrapa une bouteille de champagne. Il la déboucha et remplit deux verres à vin.

"Ça te dit de commencer avec un peu de champagne ?" demanda Anderson.

"Ce serait parfait," dit Angela. "Dis, comment vont les affaires, à propos ? J'ai remarqué que tu lisais la partie finance."

"Oh oui, je suis toujours à l'affût d' informations financières. Comme je suis à la tête d'un groupe actuellement en train de traverser une fusion, je n'ai pas franchement le choix. C'est mon travail. Tiens, ça me fait penser, ton entreprise fait du bon travail. Je devrais conseiller à Erik de te donner une promotion. Il m'a parlé de toi, justement. "

" Et bien ce serait formidable;" dit Angela. "Tu sais, j'ai travaillé très dur sur ton dossier. Notre équipe entière représentera travail juridique de la fusion avec brio. Tu peux compter là-dessus."

"Merveilleux. Ne parlons pas travail alors. Ce n'est pas la raison pour laquelle je t'ai invitée à ce rendez-vous. "

"'Pourquoi *m'as-tu* invitée à ce rendez-vous, Anderson, si je peux demander?" demanda Angela en fronçant les sourcils .

"Eh bien, à cause de ça."

Anderson se rapprocha d'Angela pour être à côté d'elle sur les confortables sièges en cuir. Il posa ensuite une main sur sa jambe. Angela leva la tête et croisa son regard. Ils se regardèrent les yeux dans les yeux quelques instants. Anderson se pencha ensuite vers elle et retint le moment encore un plus longtemps. Finalement, il réduisit la distance et l'embrassa doucement sur les lèvres. Ils s'embrassèrent pendant un moment puis Anderson recula. C'était le baiser le plus sexy qu'Angela avait jamais reçu. Elle comprit qu'il ne s'agissait là que des prémices de ce qui allait suivre. Si Anderson l'embrassait déjà, elle pouvait imaginer à quel point il serait audacieux plus tard dans la soirée.

Angela décida de donner à Anderson un avant-goût de ce qui allait suivre.

"Regarde ce que je sais faire," dit-elle

Elle se débarrassa alors de son chewing-gum avant de se mettre à genoux en face d'Anderson, puis elle descendit tout doucement sa braguette. Elle pouvait sentir qu'il devenait dur sous son pantalon. Elle prit alors sa bite. Elle était à moitié en érection. C'était une belle bite. Elle ressortait comme un muscle d'amour qui suppliait de se faire servir.

Angela prit la bite d'Anderson dans sa bouche et tourna doucement sa langue autour. Elle attrapa fermement ses couilles avec son autre main, les faisant se toucher entre elles et jouant avec. Anderson s'allongea en arrière dans son siège et soupira, s'étirant les mains derrière sa tête. Peu de temps après, sa bite était dure comme de l'acier, et complètement en érection. Angela faisait aller et venir sa tête le long de son manche, prêtant une attention particulière à la petite astuce avec sa langue. Elle léchait son liquide pré-éjaculatoire et jouait avec ses couilles. Anderson ne put seulement tenir quelques minutes. Il était sur le point de venir.

"Je vais éjaculer, Angela," dit-il haletant, une goutte de sueur coulant sur son front.

"Jouis dans ma bouche, bébé" dit-elle, d'une voix sexy, sensuelle.

Anderson commença à bouger ses hanches de haut en bas, signe qu'il était sur le point de venir. Du sperme gicla alors de sa bite dans sa bouche et sa gorge. A chaque pulsation, de plus en plus de sperme emplissait la bouche d'Angela. Elle savourait son goût et devait presque se forcer à tout avaler.

Elle se rassit sur le siège à ses côtés et l'embrassa sur la joue. Elle passa ses doigts à travers ses cheveux.

"Comment c'était, bébé?" demanda-t-elle.

"C'était la meilleure pipe que j'ai eu depuis un long moment." affirma Anderson.

Angela apprécia le compliment. Comme ils conduisaient à travers les rues, Angela regarda par la fenêtre. C'était une nuit agitée dans la ville. Nombre de filles et garçons sexy étaient de sortie pour aller en club. Elle se replongea profondément dans les souvenirs de jeune femme qu'elle avait d'elle durant sa vingtaine. Lorsqu'elle était à l'université elle sortait souvent avec ses amis. Maintenant, elle passait devant les clubs, à l'arrière d'une limousine accompagnée de l'homme le plus riche de la ville.

Angela et Anderson parlèrent de différentes choses. Ils discutèrent des équipes de sport locales. Puis, Anderson mentionna son dernier voyage en Afrique.

"J'étais en Afrique du Sud pour les affaires, je devais passer dans une de nos filiales pour y récolter des informations. Nous avons terminé ce voyage avec un safari et j'ai vu des animaux vraiment intéressants. C'est l'un des avantages de posséder un groupe d'entreprises, je suppose. »

"Ça doit être merveilleux. Je n'ai pas souvent la chance de voyager mais lorsque l'occasion se présente j'aime aller partout. J'ai un faible pour Paris. J'y suis allée quand j'avais la vingtaine et je meurs d'envie d'y retourner depuis. J'aime beaucoup Hawaï aussi. "

"Paris est génial. Nous n'avons aucune opération localisée en France, actuellement, mais nous pensons à étendre notre base économique afin de l'inclure. Beaucoup de nos concurrents font affaire là-bas. "

Alors que leur conversation devenait plus captivante, ils furent interrompus par le chauffeur qui annonçait qu'ils étaient arrivés au Carolina's. Le chauffeur ouvrit la porte pour Angela qui sortit du véhicule, et prit ensuite le bras d'Anderson. Il la guida jusqu'à la porte d'entrée en verre du restaurant et approcha de la réception. Angela n'était jamais venue auparavant mais s'était déjà informée. Rien sur le menu n'était à moins de 100$, et les bouteilles de vin avoisinaient les milles dollars.

"Cet endroit a l'air incroyable!" s'exclama Angela. "Merci beaucoup d'être passé me prendre et de m'avoir emmenée ici. "

"C'est l'un de mes restaurants préférés," répondit Anderson. "Je suis content d'avoir l'opportunité de te montrer cet endroit. "

Ils passèrent devant la clientèle pour aller à l'autre bout du restaurant. Leur table était située à côté d'une grande baie vitrée. L'ambiance de la nuit était palpable. Quelques tables plus loin, il y avait un groupe de jazz qui jouait un album de Miles Davis. Il y avait une piste de danse, personne ne l'avait encore inaugurée. Anderson décida d'ouvrir le bal.

"Viens, allons danser, avant que nos verres n'arrivent," dit-il.

Angela se sentit quelque peu nerveuse. Elle adorait danser, mais cela faisait un moment qu'elle ne l'avait pas fait. Elle décida de laisser Anderson mener la danse. Elle se leva, et le suivit vers la piste.

"Nous allons devoir nous rapprocher," dit-il avant de poser une main dans le bas de son dos, la ramenant plus près de lui pour qu'il n'y ait plus que quelques centimètres entre eux. Puis, avec son autre main, Anderson attrapa son cul. Il serra fortement, écartant ses fesses de sa main puissante. Ses doigts firent leur chemin jusqu'à la fine fermeture éclair de sa robe et explorèrent sa fente.

Angela pouvait sentir sa coûteuse eau de Cologne. Il s'agissait d'une fragrance enivrante. Elle ne pouvait réussir à deviner ce que c'était mais elle supposait qu'il s'agissait d'Hugo Boss. Quoi qu'il en soit, il sentait bon. Ses bras forts la tenaient fermement et avec assurance.

Ils dansèrent ensemble sur plusieurs chansons. Au moment où ils entrèrent sur la piste ils étaient les seuls à danser. Après quelques moments, plusieurs autres couples les rejoignirent. Angela regarda autour d'elle. Les autres danseurs portaient pour la plupart de coûteux smokings et costumes. Les femmes étaient elles aussi somptueusement vêtues, en tenue de soirée raffinée.

"Connais-tu quelqu'un d'autre dans ce restaurant?" demanda Angela. Elle n'était pas sûre de savoir pourquoi elle posait cette question. Elle supposait juste qu'Anderson devait connaître du monde ici, sachant qu'il fréquentait l'endroit assez souvent. Quelqu'un dans sa position avait probablement beaucoup de relations, et il était alors possible qu'il reconnaisse quelques visages.

"En fait, oui, j'ai déjà croisé le regard de quelques connaissances. La plupart des banquiers viennent ici. C'est un lieu prisé pour les personnes du monde de la finance. Notre boîte est cliente de quelques banques d'investissements de la ville. Il arrive que la tête de la trésorerie nationale soit ici comme ce soir. Son nom est Frank Edwards. C'est un bon copain. Je te présenterai à sa femme et lui après qu'on ait fini de danser."

"Ce serait merveilleux, et merci à toi!" s'exclama Angela.

Ils dansèrent encore sur quelques chansons puis ils retournèrent à leur table. Une bouteille de vin avait été débouchée et laissée là par leur serveur. Leurs verres de vin avaient également été remplis.

"Un toast!" dit Anderson, "Aux nouvelles relations!"

"Aux nouvelle relations!" répéta Angela, et ils se penchèrent pour un baiser. Ses lèvres étaient encore une fois très douces et elle trouvait cela impossible de ne pas être excitée. Elle sentait un désir ardent dans son cœur à chaque fois que ses lèvres touchaient les siennes.

Ils sirotaient leur vin depuis quelques minutes, pas vraiment engagés dans une réelle conversation. Son regard lui donnait l'impression qu'elle était la seule femme dans la pièce. Elle ne s'était jamais sentie plus sexy. Alors qu'elle allait attraper un morceau de pain au milieu de la table, Anderson rapprocha également sa main et leurs mains s'effleurèrent. Anderson lui prit la main avec assurance qu'il serra pendant un moment.

Anderson et Angela étaient engagés dans une petite discussion lorsque Frank Edwards, un homme de grande taille avec un ventre rond et des bras forts vint à leur table. Il était accompagné de sa femme, la quarantaine habillée de façon très élégante avec une magnifique robe en satin bleue et des talons hauts.

"Frank!" s'exclama Anderson. "Comme c'est bon de te voir ! "

Anderson tendit sa main et attrapa celle de Frank dans une ferme poignée de main.

"Je vois que tu as emmené ta magnifique épouse," continua Anderson.

" Amanda, comme c'est charmant de vous voir."

"De même," répondit Amanda. Angela pouvait déceler un léger accent anglais dans son ton.

Anderson ne perdit pas une seconde pour présenter Angela à ce couple de haut-rang.

"Frank, Amanda, laissez moi vous présenter à celle qui m'accompagne. C'est Angela Hayes. Nous nous sommes rencontrés l'autre jour au club de gym. Elle travaille pour le cabinet juridique gérant la paperasse administrative pour notre fusion. "

"C'est un tel plaisir de vous rencontrer tous les deux," dit Angela. "Je vous ai très souvent aperçu aux informations, M. Edwards. Votre femme est ravissante. "

"S'il vous plaît, appelez-moi Frank," dit Frank. "Je vous ai vu tous les deux sur la piste de danse à l'instant. Vous faites un très joli couple. Dites, après votre rendez-vous, peut-être voudrez-vous tous les deux nous rejoindre ma femme et moi pour un dernier verre à notre nouvel appartement ? C'est à quelques pâtés de maison seulement, au nord d'ici. Juste au-dessus de Montgomery Street, le grand bâtiment argent à gauche. Cherchez notre nom sur le registre et nous vous ferons monter. "

"C'est une bonne suggestion," dit Anderson. " Je vous contacterai si nous décidons de passer."

"Et bien j'ai été content de vous voir," dit Frank sincèrement. "Profitez du reste de la soirée."

Frank et sa femme retournèrent jusqu'à leur table de l'autre côté de la salle.

"Tu voudrais passer un moment avec eux ensuite ? " demanda Anderson de but en blanc.

"Bien-sûr, mais on pourrait peut-être faire un tour en limousine pour boire un peu de champagne avant, pour parler."

Tout en parlant, Angela posa la main sur la jambe d'Anderson, en dessous de la table, avant de remonter doucement jusqu'à son entre-jambe. Elle caressait doucement la bosse dans son pantalon à l'aide de son pied. Anderson déglutit. Angela touchait sa bite avec ses orteils,, jouant avec ses couilles et son manche. Elle traça la silhouette de sa bite avec son pied, la sentant rapidement durcir sous son toucher.

Leur repas arriva quelques minutes plus tard. Il était composé d'un cocktail de crevettes et un faux-filet, cuisiné à point. Le vin conti-nuait d'être servi et à la fin de leur deuxième bouteille, Angela était un peu pompette.

"Tu sais, j'ai une confession à te faire." dit Angela.

"Oh?"

"Je t'ai trouvé mignon au moment même où je t'ai vu à la télé-vision. J'ai parlé de toi à mon amie, Maxine. J'ai su qu'il fallait que je trouve une excuse pour te rencontrer dès que je t'ai vu à la télé.. "

Anderson rit.

"Quand je t'ai vu au club de gym, j'ai immédiatement su que je te voulais dans ma vie. Je ne sais pas comment ou à quel titre, mais je savais que je voulais juste te fréquenter ! "

Angela était très heureuse de l'entendre dire ça.

Après Le Rendez-vous

SON REPAS ÉTAIT l'un des plus délicieux de mémoire récente. Elle dévora le steak parfaitement cuit et les légumes vapeur, et ils termi-nèrent le plus raffiné des cabernets français. Angela était indéniable-ment prête à flirter. Anderson régla l'addition avec l'une de ses nombreuses cartes de crédit et se leva, aidant Angela à se lever de son siège.

"Je suis pompette ! » dit Angela en riant toute seule.

" Bien ! Je le suis aussi. Allons rouler un peu aux alentours. Nous ne sommes obligés d'aller voir Frank sauf si tu en as envie."

"Puis-je appeler Maxine depuis la limousine ? Je veux qu'elle sache à quel point nous nous amusons."

"Bien-sûr!"

Ils quittèrent le magnifique restaurant et regagnèrent la limousine d'Anderson.

"Pendant que tu appelles Maxine, je vais en profiter pour envoyer quelques e-mails de travail. Pat ! Tu peux faire un petit tour ? On a besoin d'une petite pause après le dîner. Merci."

Pat, le chauffeur de la limousine, hocha la tête en réponse. Angela sortit son téléphone et appela Maxine.

« Mon amie ! Devine où je suis ? C'est ça! A l'arrière d'une limousine avec l'homme le plus sexy de la ville! Non attends, l'homme le plus sexy au monde!"

Anderson rit encore. C'était un rire masculin sympathique, et profond. Angela et Maxine discutèrent un peu. Il se trouvait que Maxine ne se sentait pas très bien ces dernier temps. Elle avait attrapé froid. Elle s'était déjà rendue chez le docteur et il s'avérait qu'elle ne pouvait pas y faire grand-chose à part attendre que les symptômes ne s'estompent en prenant un peu de Paracétamol.

Angela se glissa jusqu'à Anderson et s'assit sur ses genoux. Il posa son téléphone et enroula ses bras autour de sa taille. Ils s'engagèrent dans un profond et passionné baiser. Ils s'embrassèrent pendant un long moment alors que le chauffeur les faisait parcourir différents lieux de la ville. Anderson glissa une main dans le haut de sa robe pour toucher l'un de ses gros seins fermes. Il le massa longuement, ressentant tout son poids dans sa main. Angela gémit de plaisir.

Puis Anderson se positionna au-dessus d'Angela. Il fit glisser remonta sa robe de soirée et commença à jouer avec sa chatte de sa main droite. Elle mouillait déjà à son contact. Il massa son clitoris jusqu'à ce qu'elle soit bien mouillée et glissa ensuite deux doigts à l'intérieur . Angela soupirait au même rythme que son va et vient, appuyant sur son point G à chaque poussée.

Sa main gauche retira complètement le haut de sa robe, exposant sa poitrine, des seins blancs comme neige. Angela atteignit ses hanches et glissa sa culotte rouge en satin le long de ses jambes, découvrant sa motte légèrement mouillée. Les yeux d'Anderson s'illuminèrent de désir à la vue de sa chatte proprement épilée.

Il retira son pantalon, écarta ses jambes en grand, et positionna sa bite bien raide directement vers sa chatte. Il gémissait à mesure qu'il taquinait ses lèvres et l'ouverture de sa fente avec le bout de sa queue.

Finalement, Anderson, ne pouvant résister plus longtemps, la pénétra d'une seule impulsion puissante . Alors qu'il poussait profondément à l'intérieur d'elle, encore et encore, il léchait et suçait sa douce poitrine remontant doucement entre sa bouche et ses tétons. A chaque fois qu'Anderson la pénétrait, elle se sentait encore un peu plus proche de l'extase. Comme Angela était sur le point d'avoir un orgasme, son corps se raidit, et elle leva ses hanches vers le haut, forçant la bite d'Anderson plus profondément en elle alors que ses jambes commençaient à trembler. Elle cria le nom d'Anderson alors que son orgasme traversait tout son corps, attrapant le cul d'Anderson le retenant ainsi à l'intérieur d'elle. Elle respira profondément à mesure que son orgasme se calmait et que son corps se relâchait.

Anderson reprit le rythme, de vas et viens vers sa chatte mouillée et serrée jusqu'à ce qu'il ait un orgasme monumental. Il gémit fortement tout en lâchant une énorme, charge de sperme chaud à l'intérieur d'Angela, serrant ses fesses comme si son orgasme avait pris le contrôle. Alors que son orgasme diminuait, il se laissa retomber sur son siège, haletant lourdement. Sans échanger un mot, ils remirent leurs vêtements , et se tenant la main, ils rirent de bon cœur.

Après avoir roulé un moment dans les alentours, Angela regarda son téléphone et vit qu'il était déjà 23 heures. Elle le dit à Anderson, et ils décidèrent qu'il était temps d'aller chez Frank et Amanda. Pat les ramenèrent près du centre et du quartier où ils venaient de dîner. Il s'arrêta devant l'appartement de Frank et, leur ouvrant la porte, les laissa sur le trottoir.

"Merci Pat," dit Anderson.

"Merci," répéta Angela. Angela souriait sans s'en rendre compte à cause de la boisson. Elle prit le bras d'Anderson et se moquant encore d'elle-même, avança avec lui jusqu'à l'entrée du bâtiment. Anderson l'embrassa sur le front avec tendresse et compassion.

Le couple heureux sonna et prit l'ascenseur jusqu'au trente-deuxième étage et entrèrent dans l'appartement de Frank et Amanda. C'était un endroit magnifiquement décoré avec du parquet au sol, un grand piano, une magnifique, grande cuisine et plusieurs salles de bain et chambres.

Amanda s'approcha d'Angela et l'enlaça chaleureusement.

"C'est si formidable de vous voir! Nous espérions que vous finiriez par passer," dit Amanda. "Puis-je vous offrir un verre ? Nous avons du vin, des liqueurs, de la bière, des jus de fruit, ou mon petit préféré, du café espagnol. "

"Je prendrai un de ces café bidule, " dit Angela, encore stupéfaite de la beauté de l'appartement et de la qualité de la compagnie.

Les quatre s'assirent sur l'un des confortables sofas en cuir, positionnés devant une vue à couper le souffle des rues et lumières de la ville.

"Alors, Angela, parlez-nous de votre travail actuel," dit Frank d'une manière rassurante et paternelle.

"Eh bien, je travaille dans ma boîte depuis environ cinq ans. Mon patron, Eric, est merveilleux. Je fais une grande partie du travail juridique et je vérifie les informations à chaque fois qu'un gros client nous rejoint. Je suis l'une des personnes qui gèrent la fusion d'Anderson. J'ai vraiment envie de faire du bon travail sur ce dossier."

"Elle fait déjà du bon travail," lança Anderson. "Nous sommes très satisfaits du niveau du support juridique que notre fusion reçoit. Cela fait seulement quelques semaines mais nous pouvons déjà dire que la procédure sera fluide, merci mon Dieu."

"Quelqu'un vous-a-t-il déjà fait d'autres propositions de travail ?" demanda Frank à Angela.

"Euh, je ne suis pas sûre de vous comprendre, Monsieur. Ma

situation est stable depuis que j'ai rejoint notre entreprise. Je m'y plais."

"Je vais vous expliquer ce que je veux dire, Angela. Notre bureau va bientôt ouvrir un poste , pour la tête d'un conseil juridique au sein de la trésorerie. Je me demandais si vous souhaiteriez passer un entretien. Je suis l'une des personnes du comité d'embauche, donc vous connaîtrez déjà au moins une personne. Je pense que vous seriez parfaite pour ça."

Angela n'avait aucun mal à voir que Frank était doué pour juger les gens rapidement. Il ne la connaissait pas depuis très longtemps, mais ce genre d'opportunité était quelque chose qu'Angela convoitait. Après tout, elle travaillait dans son entreprise depuis cinq ans, et les choses stagnaient un peu. Les augmentations qu'elle avaient reçues sur cette durée n'avaient rien de fantastique. Elle gagnait bien sa vie, évidemment, mais ce n'était pas aussi glamour que travailler pour Frank le serait.

"Je vais définitivement considérer votre offre, M. Edwards – je veux dire, Frank. Pouvez-vous me laisser votre carte s'il vous plaît ?"

Frank se leva et traversa la pièce jusqu'à l'autre côté du sofa en cuir. Il s'assit à côté d'Angela et sortit une carte de son portefeuille, qu'il lui donna. Angela lut la carte.

Frank Edwards
Head of National Treasury
(416) 555-8232
f.edward@gov.org

"Merci beaucoup, Monsieur," dit-elle

"Entrez en contact avec moi la semaine prochaine et nous nous arrangerons pour que vous veniez nous rendre visite. Si vous décidez de rester à votre travail actuel, ce sera sans rancune. C'est juste quelque chose à considérer. Je suis plutôt bon pour juger les mérites d'une personne, et je pense que vous vous intégrerez superbement à notre équipe."

"Maintenant," lança Amanda. "Qui veut un peu de te tequila ? Ne me laissez pas boire seule, Anderson. Vous aimez votre café espagnol, ma chère ?

"Beaucoup," dit Angela. Elle prit une autre gorgée. C'était très chaud et avait comme un goût de whisky fort. C'était le genre de boisson qui pouvait vous prendre par surprise en vous rendant encore plus saoul que vous ne l'étiez déjà. Bien sûr, la tequila aurait elle aussi très bien fait l'affaire.

Amanda enchaîna quelques verres de tequila et les quatre prirent quelques shots . Quand arriva le moment de prendre son premier verre, Anderson mit un peu de sel dans le décolleté d'Angela, le lécha complètement avant de boire son verre, avant de sucer un quartier de citron pour chasser les effets de l'alcool. Angela ne tenait plus en place et rit très fort.

"Qui veut voir la culotte d'Angela ?" demanda Anderson.

"Moi !" cria Frank.

Avant qu'Angela ne puisse répondre, Anderson était déjà en train de relever sa robe. Il l'avait aussi prise sur ses genoux et lui donnait la fessée. Puis, il décida qu'il était approprié pour les trois d'entre eux de jeter un œil au cul nu d'Angela. Il tira alors d'un coup sec sa culotte vers le bas, et écarta ses fesses, exposant sa chatte et son trou du cul à la foule enthousiaste.

"C'est pas juste!" s'exclama Angela. "Je suis bourrée !"

"Ce n'est pas une excuse," dit Amanda.

Soudainement, Amanda avança la main vers le bas de la fesse nue d'Angela, tapant au rythme d'une fessée. Elle tapa plusieurs fois, pinçant doucement sa fesse chaque fois qu'elle la tirait vers le bas.

"Je veux voir sa chatte!" dit Amanda. "Et de très près."

Angela était bourrée au point qu'elle n'avait même plus la force de résister. Et puis, ils avaient tous tellement bu ; il n'y avait pas de mal à s'amuser un peu après tout, non ?

Angela s'abandonna sur le sofa, et levant les hanches, exposa sa chatte à tous pour qu'ils la voient. Amanda ne perdit pas une seconde pour s'approcher afin d'avoir une meilleure vue. Elle s'étendit en face d'elle et la lécha suivant une ligne allant de la fente de son cul jusqu'en haut de sa chatte. Elle marqua une pause sur son clitoris, le faisant tourner avec sa langue, avant de retourner vers le bas.

Anderson, qui était en train de bander, se demandait comment se joindre à la petite sauterie . Frank s'était déjà mis derrière Amanda et était en train de défaire son pantalon, pour baiser sa femme par derrière.

"Baise ma bouche Anderson," dit Angela. "Je veux sentir tes couilles et ta queue."

La soirée se poursuivit en une scène de sexe torride. Les verres continuaient de défiler et les quatre amis étaient de plus en plus aventureux. Anderson finit par baiser Amanda pendant un moment, qui elle-même laissa son mari, Frank, baiser Angela. Le reste de la soirée, pour Angela, était un peu floue.

Le matin suivant, Angela avait mal à la tête. Elle mit un moment avant de comprendre où elle était. Évidemment, elle se rendit compte en un coup d'œil qu'elle n'était pas chez elle. L'appartement qu'elle regardait avait bien plus belle allure. Elle se souvint alors des évènements de la nuit. Elle se souvenait d'Anderson, des Edwards, de la danse, du café espagnol, et de la tequila. Elle était nue à l'exception de son soutien-gorge et sa culotte. Elle regarda l'autre côté du lit, qui était vide.. Elle entendit alors des bruits venant de la cuisine. On aurait dit que quelqu'un préparait quelque chose avec un mixeur. Cela devait être Anderson.

"Anderson?" appela-t-elle.

"Oui chérie ? Content que tu sois debout. Je suis en train de nous faire un petit déjeuner de champion. Œufs, bacon, saucisses, pancakes, gaufres, et mon smoothie spécial aux fruits qui remporte toujours les suffrages. "

"Mes souvenirs de la nuit dernière sont vrais ?"demanda Angela. Combien de verres avons-nous bu ? "

"J'ai perdu les comptes après la deuxième tournée," dit Anderson. "C'était beaucoup."

"Ne devrions-nous pas être au travail ? Quelle heure est-il ? " demanda Angela.

Anderson rit. Elle se souvenait alors de ce rire sexy de la nuit dernière.

"C'est samedi, idiote. A part répondre à quelques e mails, je ne travaille jamais les samedis. Surtout quand je peux passer du temps avec quelqu'un d'aussi sexy que toi ."

Anderson marcha jusqu'au lit pour déposer un doux baiser sur le front d'Angela. Elle le surprit en l'attrapant par sa chemise froissée et le tira vers le lit. Puis elle le retourna et passa au-dessus de lui, épinglant ses mains justes au-dessus.

"Ha!" s'exclama-t-elle. "Tu vois, maintenant j'ai le dessus ! "

"Ne t'excite pas trop, mon tigre," dit Anderson. "Dis, as-tu pensé à l'offre de Frank de la nuit dernière ? J'ai trouvé cela très généreux et malin de sa part, de t'offrir un entretien comme celui-là. Cela pourrait être un grand pas en avant si cela fonctionnait."

Les souvenirs lui revenaient, comme une bulle qui éclatait, et l'offre de Frank occupait son esprit.

"Oh oui !" dit Angela, se parlant à elle-même. "Je me souviens de ça. Il m'a donné sa carte, non ?"

Anderson hocha de la tête.

"Il semblait assez impressionné par toi, et qui pourrait lui en tenir rigueur ?"

"Très bien, Monsieur Lèche-cul. Dis-moi, on a fait l'amour hier ?"

"Non, répondît Anderson sans rien laisser paraître. Nous étions bien trop ivres pour cela."

Angela sourit chaleureusement à Anderson. Il lui sourit en retour.

"Viens prendre ton petit déjeuner!" dit Anderson. "J'ai mis quarante-cinq minutes à le préparer ! "

" Ça a l'air délicieux," dit Angela.

Les deux allèrent jusqu'à la cuisine et s'assirent à une grande table en marbre. Anderson servit quelques pancakes et du bacon. Angela mangea avidement.

"Tu sais ce qui rendrait ce petit déjeuner encore meilleur ?" s'aventura Anderson. "Si nous mangions torses nus."

Angela rit tellement fort que le jus d'orange sortit presque par son nez.

"Je crois que c'est la réplique la plus ringarde que j'ai jamais entendue! Mais j'imagine que ça peut se faire."

Angela retira son soutien-gorge et le laissa tomber sur le sol. Sa grande, voluptueuse poitrine s'exposa alors librement. Les yeux d'Anderson étaient rivés vers elle.

"Je pense que je vais avoir du mal à terminer mon repas. J'ai trop de douceurs sous les yeux. Et aussi difficile que ce soit d'avoir une conversation sérieuse alors que tu es aussi superbe, qu'est-ce que tu penses faire quant à l'offre de Frank.?"

"Eh bien je pense que je devrais me renseigner. Ça a l'air vraiment tentant. Frank m'a donné l'impression d'être un chouette gars pour qui je pourrais travailler. Il est sûr de lui et se conduit en gentleman. J'ai aussi beaucoup apprécié Amanda."

"Que penses-tu qu'Eric dira ? Il ne voudra certainement pas te perdre."

"Je ne lui en ferai part que si j'envisage sérieusement le poste. Peut-être fera-t-il une contre-offre s'il est si désireux de me garder. Nous devrons attendre et voir."

Angela mit un autre monticule de bacon dans sa bouche.

"Bien, Anderson," commença-t-elle. " Je pense que je devrais y aller. Je dois repasser chez moi et me refaire une beauté. J'espérais pouvoir aller m'entraîner aujourd'hui ou demain, et je veux voir Maxine aussi. Merci pour ce merveilleux moment."

Ils s'embrassèrent une dernière fois et Angela s'habilla et prit l'ascenseur pour descendre à l'étage principal. Elle sauta dans un taxi et rentra à son appartement. Puis, elle se doucha et enfila une nouvelle tenue. Elle appela Maxine pour lui raconter tout ce qu'il s'était passé. A propos des verres, l'entreprise, la rencontre avec Frank et Amanda, et du délicieux petit-déjeuner qu'Anderson avait préparé. Elle passa le reste de sa journée paressant dans son appartement, pensant à cette offre de travail, avant d'aller faire un peu de sport.

La mère d'Angela l'appela pour prendre des nouvelles dans la soirée, vers 22 heures. Apparemment, sa sœur, Rosalie, serait en ville cette semaine pour leur rendre visite. Aussi, elle avait apparemment un nouveau petit ami, Sam Harris. Un camarade de classe de son Master. Il étudiait l'Archéologie. Karen avait prévu un restaurant italien pour le Mercredi.

∽

Nouvelles Opportunités

AU TRAVAIL LUNDI, Angela décida de passer un appel à Frank afin de poursuivre leur discussion. Elle souhaitait confirmer son intérêt pour l'entretien pour le poste, et lui faire part encore une fois de son enthousiasme. Elle et Frank eurent une conversation détaillée concernant cette opportunité et il semblait qu'elle correspondait parfaitement au poste. Elle se résolut à parler du sujet avec Eric plus tard dans la journée.

Après le déjeuner, elle se dirigea vers le bureau d'Eric et toqua à la porte. Eric était au téléphone mais elle entra malgré tout et s'assit sur le canapé de son bureau. Il était juste sur le point de terminer une conversation avec Anderson et de finaliser quelques détails juridiques. Il raccrocha le téléphone avant de se concentrer sur Angela.

"Que puis-je faire pour vous, Mme Hayes ? " demanda-t-il, remettant en place quelques papiers sur son bureau.

"Et bien, Eric, je voulais juste vous faire savoir que je vais passer un entretien pour le bureau de la trésorerie. Frank Edwards me l'a proposé ce week-end. Je pensais juste que je devais vous informer que je considérais cette offre."

"Angela, vous avez travaillé pour moi pendant cinq ans. Je vous ai toujours soutenue et donné des opportunités pour évoluer. Je ne veux pas vous perdre maintenant. Les affaires d'Anderson vont amener d'énormes opportunités pour vous, moi-même, le reste de l'équipe et l'entreprise. Qu'est-ce que je peux faire pour vous garder ?"

"Eh bien, Frank m'a proposé presque le double de mon salaire actuel. De plus, j'aurai une équipe de quatre personnes travaillant sous ma responsabilité. J'ai suivi des cours de finance à l'université, je pourrai donc combiner ce que j'ai appris là-bas avec le savoir-faire que j'ai acquis en travaillant pour vous."

"Nous pouvons en discuter . Je peux m'aligner sur le salaire qu'ils vous proposent et nous pouvons engager du personnel pour vous assister. Nous pourrions vous créer un nouveau poste plus haut au sein du cabinet. Vous pourriez même assister à quelques réunions de conseil."

"Cela semble très tentant, Monsieur. J'y penserai durant la semaine prochaine."

Angela avait déjà décidé qu'elle se pencherait sur l'entretien pour le poste sous les ordres de Frank. Elle pouvait au moins postuler pour le poste et puis décider plus tard lequel elle choisirait. Eric lui avait fait une offre très généreuse.

Plus tard cet après-midi là, Angela envoya un e-mail à Frank. Dedans, elle disait qu'elle souhaitait aller à l'entretien. Son assistant la recontacta autour de 16 heures lui proposant de la rencontrer Mercredi. Son rendez-vous avec Karen, Rosalie, et Sam était à 18heures 30, le timing devrait être bon.

Lorsque le jour de l'entretien arriva, Angela était nerveuse. Elle portait son plus beau costume, et s'était fait faire une manucure et pédicure la veille. Elle avait reçu un certain nombre de compliments au travail ce jour-là. Aussi, Anderson lui avait envoyé un message lui souhaitant "bonne chance ". Elle avait répondu le remerciant et lui disant qu'elle le contacterait bientôt à propos de leur deuxième rendez-vous. Mark lui avait également écrit un message mais elle n'avait pas encore répondu à celui-là. Elle ne savait pas ce qu'elle allait faire au sujet de Mark. Elle avait le sentiment que si les choses progressaient avec Anderson, elle devrait considérer le fait de les voir tous les deux en même temps.

"Bonjour, Mme Hayes," dit l'assistante alors qu'elle marchait vers la section du bureau de Frank. "S'il vous plaît prenez place, M. Edwards sera avec vous dans peu de temps."

Angela ne pouvait pas s'empêcher de se sentir soulagée de savoir que c'est Frank qui lui ferait passer l'entretien. Même s'il ne serait probablement pas seul. Après environ cinq minutes d'attente, Frank ouvrit la porte de son bureau et apparut, entouré d'à peu près cinq ou six hommes d'affaires Japonais qui s'inclinèrent avant de la guider jusqu'aux ascenseurs.

" Ah, vous êtes là!" s'exclama Frank, concentrant son attention sur Angela.

"Je ne savais pas que vous parliez japonais, Monsieur, "dit Angela, n'ayant pas besoin de feindre son plus profond respect.

"C'est l'une des exigences de mon travail. Je négocie avec le Japon presque toutes les semaines. Je parle également plusieurs autres langues européennes et j'apprends le mandarin quand j'ai du temps. Ne vous inquiétez pas, les langues ne sont pas vraiment une exigence importante pour le poste auquel vous postulez."

"Je parle français," dit Angela en souriant . "J'ai toujours voulu aller en vacances à Paris."

"Anderson s'y rend de temps en temps et espère s'étendre là-bas. Parles-en avec lui, peut-être que cela lui plairait de t'emmener avec lui. Vous voulez bien passer dans mon bureau ?"

Angela marcha jusqu'au bureau de Frank, qui était peu mais élégamment décoré. Il y avait des chaises en cuir, de superbes tableaux impressionnistes, un frigidaire avec différents types de boissons à l'intérieur, et une collection d'arbres bonsaïs alignés sur une table en acajou à côté d'une grande fenêtre. Deux autres membres du personnel, une femme et un autre homme, étaient assis et tenaient des classeurs et dossiers.

"Puis-je vous offrir à boire ? demanda Frank. "Nous avons de l'Evian, San Pellegrino, Perrier, et bien-sûr des Snapple."

"Je prendrai un Snapple, merci." répondit Angela.

Frank lui présenta les deux autres membres qui assistaient à l'entretien. Ils étaient tous deux membres confirmés du bureau de la trésorerie.

L'entretien dura une demi-heure et se déroula plutôt bien. Ou c'est ce qu'elle pensait, tout du moins. Une fois terminé, elle leur serra la main puis quitta l'immeuble. Elle alla directement vers le

restaurant italien, et arriva une bonne demi-heure avant la réserva-
tion. Elle était impatiente de voir Rosalie et Karen. Elle avait hâte de
rencontrer Sam. Rosalie avait toujours été difficile par rapport aux
garçons qu'elle fréquentait. C'était une célibataire endurcie qui s'était
passé du confort d'un petit-ami pendant de longues années. Angela
se dit alors que celui-là devait être le bon. Ils arrivèrent tous les trois
exactement au même moment, et ils marchèrent gaiement jusqu'à
Angela, qui avait déjà choisi une table et sirotait un verre de vin. Elle
se mit debout pour les accueillir. "Maman! Salut Rosalie. Vous devez
être Sam," dit Angela de façon enjouée.

"Angela, tu es magnifique," dit Karen.

" Je sors tout juste d'un entretien important. Je vous raconterai
plus en détail plus tard. Rosalie, tu es superbe. Cela fait presque un
an que je ne t'ai pas vue. Comment se déroule ton Master ? "

"Ça se passe très bien, merci. Il ne me reste presque plus qu'un
an. Laisse-moi te présenter mon petit-ami , Sam. Sam, dit bonjour à
ma sœur adorée, Angela."

Sam était un homme grand et attirant, aux cheveux foncés et il
portait une veste et un jean. Il ressemblait à quelqu'un tout droit sorti
de l'université. Il avait l'air intelligent. Angela était heureuse pour sa
sœur.

"C'est un plaisir," dit Angela, secouant sa main. "Asseyons-nous et
mangeons !"

Ils s'attablèrent tous les quatre à une table en bois carrée et un
serveur Italien au gros ventre vint pour s'occuper de leur table. Dans
un premier temps, il apporta du pain et une bouteille de vin rouge. Il
amena ensuite leurs plats. Angela et Karen avaient commandé des
pâtes, alors que Sam et Rosalie avaient chacun commandé une pizza.
La nourriture était savoureuse. Une fois le repas terminé, Angela
décida de demander au jeune couple comment ils se débrouillaient à
l'école.

"Je n'ai que des A. Tout comme Sam," dit Rosalie. "Certains de
nos profs nous poussent même à continuer jusqu'au doctorat. Nous
pourrions nous-même devenir professeurs un jour."

"Je suis jalouse que sois la plus intelligente de la famille, Rosalie," dit Angela avec un sourire. "C'est injuste !"

"Oui, mais c'est toi qui te fait des tas d'argent," dit Rosalie comme pour lui rappeler sa propre situation. "En parlant de ça, parle nous de cette opportunité qu'on t'a offerte"

"Eh bien, c'est pour le bureau de la trésorerie. Mon salaire devrait être bien plus élevé qu'il ne l'est maintenant. Et puis mon patron actuel, Eric, m'a dit qu'il s'alignerait sur n'importe quelle offre que j'aurai de leur part. Ce serait un poste très chic. Je travaillerais pour le gouvernement, ce qui signifie en fait que je serais en charge de quelque chose de vraiment important. Une sorte de service public. Ce qui m'intéresse surtout, c'est la stabilité du poste et son prestige. Enfin en comparaison à ce que je fais maintenant, sous les ordres Eric. Je viens tout juste de passer mon entretien cet après-midi."

"Comment ça s'est passé?" demanda Karen.

"Ça s'est très bien passé, pour autant que je sache. J'avais l'impression que Frank ,qui serait donc mon nouveau patron, avait un faible pour moi, pour je ne sais quelle raison. J'ai eu cet entretien grâce à ma connexion avec Anderson Cromby."

Sam recracha presque son Coca-Cola light lorsqu'il entendit ce nom.

"Vous connaissez Anderson Cromby?" dit-il, complètement étonné et impressionné.

"Oui, nous avions un rencard vendredi dernier."

"Nom de Dieu, Angie," dit Rosalie. "Si tu le fréquentes tu n'auras plus à travailler un seul autre jour de ta vie. Il est riche à milliards"

"Je sais ça. Mais ce n'est pas mon petit ami pour le moment. Nous avons eu qu'un seul rendez-vous. Et puis je ne veux pas arrêter de travailler. J'aime être indépendante et gagner mon propre argent."

" Attends que d'avoir un premier enfant" songea Karen. " Tu changeras d'avis en une fraction de seconde. "

"Attends une seconde, Maman, nous ne sommes allés qu'à un seul rendez-vous et tu voudrais déjà qu'on ait un enfant ? Soyons un peu réalistes."

Il y eut une pause. Les quatre songeaient à la conversation jusqu'à ce que Karen rompe le silence.

"Oui, tu as raison, chérie. Je ne veux pas précipiter les choses. C'est juste qu'il a une très bonne situation. Le fait d'être avec lui pourrait changer ta vie. Et comment va Maxine ? "

"Elle va bien dans l'ensemble, mais elle était un peu malade. Elle pense que c'est juste un coup de froid. Les docteurs lui ont dit qu'ils n'avaient rien décelé de grave, mais ils ne peuvent rien faire pour elle à ce stade."

"J'espère qu'elle va bien." dirent Rosalie et Sam au même moment.

"Moi aussi, je vais voir si je peux lui rendre visite ce soir et lui apporter quoi que ce soit."

Les quatre terminèrent leur repas. Karen proposa de payer l'addition mais Angela annonça que cela lui ferait plus que plaisir de la régler. Les trois, la remercièrent, et chacun suivit son propre chemin.

De retour à son appartement, Angela enfila des vêtements confortables – un survêtement et un sweat à capuche, et elle ne put résister à la bonne crème glacée qu'elle gardait sous la main pour se faire plaisir de temps en temps. Il était déjà très tard, elle décida donc de voir si elle pouvait rendre visite à Maxine plutôt le lendemain. Elle lui envoya un message et lui demanda aussi comment elle se portait. Maxine répondit qu'elle était plus malade encore que la dernière fois, mais qu'Henry était génial avec elle. Il avait pris des jours de repos pour rester avec elle et la réconforter. Maxine dit qu'Angela pouvait lui rendre visite le lendemain soir, après le travail. Elles pourraient se faire une soirée entre filles, et regarder des films en se racontant les derniers potins. Angela lui dit qu'elle trouvait que c'était une merveilleuse idée.

Le jour suivant au travail, Angela était occupée à vérifier les informations d'une demande de proposition de l'un de leurs clients, lorsqu'Eric s'arrêta à son box. Il voulait savoir comment l'entretien s'était déroulé, et confirmer qu'il voulait la garder.

"Eh bien," dit-elle. "L'entretien s'est très bien passé. Ils reviendront vers moi la semaine prochaine."

"Combien vous offrent-ils ?" il demanda.

"Ils ne me l'ont pas encore dit, en fait. Je vous le ferai savoir dès que je le saurai."

"Très bien," dit-il,avant de s'éloigner.

Angela ne savait sincèrement pas ce qu'elle allait faire. Elle aimait travailler avec Eric, mais elle ne pouvait pas dire non à une nouvelle opportunité . Elle savait qu'elle pourrait évoluer et développer sa carrière en travaillant pour le gouvernement.

～

Une Amie Qui Tombe Malade

LE JOUR SUIVANT, après le travail, Angela s'arrêta chez le fleuriste et prit un bouquet de chrysanthèmes pour sa meilleure amie. Elle prit également un DVD (cette fois, Titanic, un film qu'elles adoraient toutes les deux) et un peu de crème glacée. Elle alla ensuite jusqu'à chez elle et ouvrit la porte, pour apercevoir des mouchoirs en papiers froissés partout, de la vaisselle sale, et des flacons de médicaments vides. Il semblait que Maxine était mal en point. Où était Henry ? Angela pensait que son mari était supposé prendre soin d'elle.

"Oh mon Dieu, Maxine, " dit Angela alors qu'elle passait la porte.

Maxine était allongée sur son dos sur le canapé, sirotant un soda light au gingembre à l'aide d'une paille et regardant les informations.

"Où est Henry, Maxine ?" demanda Angela.

D'une grosse voix rauque, et faiblement, Maxine répondit, "Il est sorti acheter à manger. Une soupe de nouilles chinoises au poulet, je crois. Entre. Tu as l'air absolument radieuse."

Maxine gloussa d'une voix rauque. Même dans son état amoindri, elle n'avait pas perdu le sens de l'humour.

"Mon Dieu, Maxine, laisse-moi te regarder," dit Angela, qui retira ses chaussures, accrocha sa veste, et marcha précipitamment vers le canapé, déposant une main sur son front.

"Tu es brûlante!" cria Angela. "Ce n'est pas bon, nous devons t'emmener à l'hôpital sur le champ. "

"Je suis déjà allée à l'hôpital, chérie," dit Maxine avec autant de courage dont elle pouvait faire preuve. "Il n'y a rien qu'ils puissent faire pour moi. Ils ont juste dit qu'il s'agissait d'une mauvaise souche d'un rhume, c'est tout."

"D'accord," répondit Angela. "Si tu n'es pas mieux dès demain après-midi, je fais venir un taxi et je te traîne à l'hôpital."

"C'est de bonne guerre," dit Maxine. "Comment s'est déroulé ton rendez-vous avec Anderson ?"

"Ça c'est tellement bien passé, Maxine," dit Angela. "J'aurai aimé que tu sois là. Il m'a emmené au plus incroyable des restaurants dans sa limousine privée. Le repas était si bon. Nous avons bu du bon vin. Ensuite on est tombé sur un autre couple. Frank et Amanda Edwards. Nous avons terminé la soirée à leur appartement pour quelques derniers verres. J'étais très ivre mais ce fut la soirée la plus amusante que j'ai passé depuis un moment."

"Tu es passée à la casserole ? demanda Maxine, plutôt directement.

Angela rit quant à l'audace de la question de Maxine. Elles étaient meilleures amies. Elles avaient le droit d'être directes.

""Non. Je l'aime beaucoup mais je préfère attendre avant de coucher avec lui, et puis nous étions bien trop ivres. C'était une de ces soirées amusantes. Comme celles qu'on faisait au lycée."

Leur conversation fut coupée par une crise de toux bien grasse de la part de Maxine. Elle cracha des glaires et puis retourna s'allonger sur le dos sur le canapé, une main sur le front.

"Je ne veux pas être malade, Angela. Je ne peux manquer aucune session d'entraînement. Mon jeu doit être au point, je participe à un tournoi à la fin du mois."

"C'est pour cette raison que nous devons te remettre sur pied aussi vite que possible," dit Angela sérieusement. "Regardons Titanic et mangeons un peu de crème glacée. J'ai amené ta préférée, la Ben and Jerry's"

Les deux s'installèrent devant le film. Angela s'assit sur le canapé derrière sa meilleure amie, qui laissa tomber sa tête sur ses genoux. Angela massait les bras et le dos de Maxine. C'est le genre d'amies

qu'elles étaient. Elles étaient très proches physiquement et émotionnellement. Elle était comme une sœur pour Angela. Maxine, qui
n'avait aucun frère et sœur, considérait Angela comme une sœur
également. A la moitié du film, à peu près au moment où le Titanic
heurte l'iceberg, Henry rentra, les bras remplis de friandises. Il avait
une soupe de nouilles chinoises au poulet et quelques paninis qu'il
devait réchauffer avant de servir. Il était content de voir Angela , il
savait que Maxine avait besoin d'autant d'attention que possible.

Henry réchauffa les sandwiches et les coupa en morceaux pour
les filles et lui-même. Ils regardèrent le reste du film, après quoi
Angela annonça qu'elle devait rentrer chez elle. Demain c'était
vendredi et elle devait se lever tôt. Elle avait beaucoup de travail au
bureau. Alors qu'elle se levait, son téléphone vibra et elle vit qu'elle
avait un message de la part d'Anderson. Il voulait la voir pour aller
boire un verre au club Carlisle après le travail. Elle se demanda pourquoi il avait choisit cet endroit, sachant qu'il pouvait s'offrir n'importe
quel club de la ville. Le club Carlisle était un endroit fréquenté par la
classe moyenne. Peut-être qu'il souhaitait aussi faire un peu de sport.
En tout cas, elle lui répondit qu'elle le verrait là-bas à 18 heures, mais
qu'elle ne pourrait peut-être pas rester tard car elle voulait retourner
voir Maxine Anderson lui dit qu'il irait la voir avec elle . Il avait l'air
vraiment inquiet de sa santé.

Cette nuit là, Angela fit des rêves assez étranges. Elle rêva qu'elle
se retrouvait au milieu d'une lutte acharnée entre Frank et Eric, et
qu'ils se disputaient tous deux pour son emploi. Personne ne prenait
le dessus cependant, et elle était tiraillée de tout côté. Puis, soudainement, elle se retrouva sur yacht avec Anderson qui la nourrissait de
fraîches et juteuses grappes de raisins alors qu'elle était inclinée sur
une chaise longue, prenant un bain de soleil. Pour une raison quelconque, c'était le milieu de l'été et la journée était merveilleuse.
Quand elle se réveilla, à 6 heures, elle aurait aimé être là-bas avec
Anderson.

La journée de travail passa relativement rapidement, et l'excitation
d'Angela à l'idée de retrouver Anderson au club augmentait à mesure
que l'heure avançait Elle n'avait n'avait cependant pas le temps d'y faire

du sport, et arriva quelques minutes avant 18 heures. Anderson était avec un collègue du monde des affaires, du nom de Francis Cole. Il était vice-président du cabinet d'Anderson, et Anderson le considérait comme son "bras droit" pour toutes ses opérations. C'était un homme bien bâti de taille moyenne, d'à peu près trente-cinq ans, avec des cheveux châtains bouclés et des yeux couleur noisette perçants. Lorsqu'Angela approcha leur table, les deux hommes se levèrent pour l'accueillir.

"Salut chérie," dit Anderson en premier. "Tu es superbe ce soir. Je suis heureux que tu aies pu me retrouver ici. Laisse-moi te présenter un de mes = collègues les plus fiables du cabinet, Francis."

"Enchanté," dit Francis en lui tendant la main pour qu'elle la serre.

Les trois s'assirent et commandèrent à manger. Anderson était d'humeur pour un homard frais de l'Atlantique, et en commanda donc trois. Angela adorait le homard et avait hâte d'en avoir un devant elle. Elle avait toujours trouvé cela difficile de manger du homard, la coquille était tellement dure à casser que certaines parties étaient immangeables, mais les parties qui étaient comestibles elles, avaient un goût délicieux.. Les homards servis dans ce restaurant étaient assez grands pour faire un repas complet. Elle attrapa une tranche de pain au levain et étala un peu de beurre dessus, la mangeant avidement.

"Anderson m'a beaucoup parlé de vous," dit Francis. "Je suis content d'avoir la chance de vous rencontrer. "

"Vous savez qu' Anderson a bon goût en matière de gens," blagua Angela. "Non, mais en toute honnêteté, si vous êtes son ami et collègue, alors tout le plaisir est pour moi. Anderson m'a présenté à Frank et Amanda Edwards la semaine dernière, et je pourrais bien décrocher un nouvel emploi grâce à ça. D'ailleurs Francis, j'aurais besoin que vous m'aidiez à ce sujet. Objectivement, pensez-vous que je doive garder mon emploi actuel d'assistante juridique au cabinet ou devrais-je travailler pour le gouvernement ?."

"Je pense que tu dois faire ce que ton cœur te dicte, chérie," dit Anderson.

"Ne nous interrompt pas !" s'exclama Angela blaguant à moitié. "Je voulais avoir l'opinion de Francis."

"Je suis d'accord avec Anderson. Faire ce que votre cœur vous dicte est la meilleure stratégie. Il faut que vous arriviez à déterminer où vous serez la plus heureuse. Vous ferez probablement ce travail pendant longtemps, au moins quelques années. Pensez-vous être à la hauteur pour un nouveau défi dans un nouvel environnement de travail ? Ou avez vous envie de progresser dans votre situation actuelle. Les deux postes semblent offrir argent et stabilité. Dans un sens, vous ne pouvez pas vraiment y perdre grand-chose."

Angela réfléchit au conseil avisé de son ami pendant un long moment. Elle savait qu'elle devait faire ce ce que son cœur lui disait. Pour l'instant, elle avait l'impression que de travailler avec Frank serait plus excitant, ça lui permettrait de briser la routine. Elle avait toujours été du genre à prendre des risques, et l'inconnu était toujours si tentant. Maintenant qu'elle était avec Anderson, elle sentait que de travailler pour un de ses amis proches était une bonne idée . C'était presque comme si elle s'élevait dans le monde. C'était comme si elle entrait dans une toute nouvelle classe sociale.

"Vous m'avez donné de très bons conseils. Honnêtement, " dit Angela. "Merci."

"Tu t'en sortiras très bien, mon cœur" dit Anderson. "Rappelle-toi juste que tu as eu toutes ces opportunités par toi-même. Je n'ai même pas eu à souffler un mot à ton sujet à Frank. Il a réalisé ta valeur par lui-même. Alors félicitations. Maintenant si vous voulez bien m'excuser tous les deux, je dois aller aux vestiaires."

Anderson se leva et marcha jusqu'aux toilettes pour hommes. Angela s'excusa également un instant, avant de le suivre discrètement à l'intérieur. Elle ferma le verrou doucement derrière eux, et s'approcha ensuite d'Anderson en silence. Elle lui attrapa son paquet à travers son pantalon.

" Salut, beau mec" dit Angela.

"Salut, qu'est-ce que tu fais là ? "demanda Anderson, bien qu'il avait l'air agréablement surpris.

"Je voulais juste te surprendre et jeter un œil sur ta magnifique queue encore une fois."

Puis Angela défit sa ceinture et laissa tomber son pantalon sur le sol. Elle glissa rapidement sa main à l'intérieur de son boxer et s'empara de sa bite, qui devenait rapidement plus dure.

"D'accord, mais nous ferions mieux de faire vite !" dit Anderson.

"Ne t'inquiète pas," répondit Angela, " Ce que j'ai en tête ne prendra que quelques minutes."

Angela se mit à genoux et commença à sucer les couilles d'Anderson. Elle en mit une dans sa bouche, puis l'autre. Ensuite les deux en même temps. Tout en branlant sa la bite d'Anderson de sa main gauche. Ses gémissements lui laissaient penser qu'il allait avoir un orgasme. Elle lécha alors son manche et déposa ses lèvres pulpeuses sur le bout de sa queue. Elle était prête à recevoir une giclée chaude dans sa bouche. Comme elle y était disposée aujourd'hui, elle avala.

"C'était incroyable, " dit Anderson.

Une file de gens voulant accéder aux vestiaires s'était accumulée derrière la porte, ils se précipitèrent donc à l'extérieur avant de retourner à leur table.

Ils terminèrent leur repas; et commandèrent ensuite des cafés. Angela dut s'excuser auprès d'Anderson et Francis d'avoir dîné aussi vite. Quand elle leur expliqua que son amie était vraiment malade, ils firent preuve de beaucoup de compréhension.

Quand Angela arriva à l'appartement de Maxine, elle remarqua tout de suite que sa chère amie avait pris un mauvais virage. Son visage était extrêmement pâle et elle semblait très faible. Elle avait à peine assez d'énergie pour accueillir son amie. Henry était complètement paniqué. Il était au téléphone avec l'hôpital essayant de voir s'ils avaient un lit disponible afin qu'elle soit admise et hospitalisée. Henry ne l'avait jamais vue autant malade auparavant. Ni Angela d'ailleurs.

"Je sais, nom de Dieu. Son docteur habituel dit qu'il n'y a rien qui puisse être fait," aboya Henry rageusement au téléphone. "La situation a changé. Son état a beaucoup empiré. Oui, elle a de la fièvre bon sang. Vous ne pensez pas que j'ai déjà vérifié ? Vous devez la faire admettre. Je suis assuré à tire-larigot".

Angela s'avança vers Maxine et la regarda dans les yeux. Maxine la fixait sans vraiment la voir.

"Maxine, c'est moi, Angela. Tu me reconnais ? "demanda-t-elle.

Maxine gémit en réponse, mais elle réussit à hocher la tête.

"Nous allons t'amener à l'hôpital aussi vite que possible. Je préparerai tes vêtements et t'aidera à les mettre. Reste là, je reviens tout de suite."

Angela entra dans la chambre de Maxine pour y prendre un sac de sport qu'elle remplit d'une tonne de vêtements. Elle fit du mieux qu'elle put, essayant de ne rien oublier. Elle mit dans le sac une brosse à dents, dentifrice, fil dentaire, et autres produits de toilette. Elle revint ensuite vers Maxine et toucha de nouveau son front. Elle semblait être encore plus brûlante qu'avant.

"Que se passe-t-il Henry?" demanda Angela sérieusement.

"Je pense que j'ai trouvé un hôpital qui voudra bien la prendre. C'est de l'autre côté de la ville. Je peux nous y emmener, il faut juste aider Maxine à marcher jusqu'au parking et à monter dans la voiture."

"Je vais venir avec vous pour m'assurer que tout se passe bien," affirma Angela.

"Très bien," répondit Henry.

Les trois d'entre eux allèrent à l'hôpital aussi vite que possible. Cela ne leur prit qu'environ vingt minutes, car il y avait peu d'embouteillages. Angela remercia sa bonne étoile que le voyage fut si rapide.

Convalescence

L'ATTENTE à l'hôpital semblait interminable à Angela et Henry. Ils auraient voulu que cette personne si chère à leurs yeux soit prise en charge aussi vite que possible. Finalement, après environ une heure d'attente, l'assurance avait été acceptée et une infirmière arriva dans la salle d'attente avec un brancard. Deux autres infirmières aidèrent Maxine à s'y installer . Maxine semblait incohérente, et était proba-blement à peine consciente de tout ce qu'il se passait. Angela était pétrifiée. Ce n'était pas comme ça qu'elle imaginait passer son vendredi soir.

Angela et Henry insistèrent pour accompagner Maxine jusqu'au service principal. Ils suivirent donc les infirmières et le brancard jusqu'à une petite salle privée où Maxine allait être prise en charge. Angela reçut un message de la part d'Anderson, demandant des nouvelles de Maxine . Angela dut répondre qu'elle n'en avait encore pas la moindre idée.

Angela et Henry attendirent avec Maxine jusqu'à ce que le docteur entre, qui conseilla alors) Angela et Henry de rentrer chez eux. Ils garderaient Maxine ici,au moins pour la nuit, pour faire quelques tests et s'assurer de découvrir ce qui n'allait pas..

Bien qu'Angela soit rentrée chez elle, elle n'arrivait pas à dormir. Elle était bien trop préoccupée à propos de son amie. Elle mit donc les infos et s'allongea dans son lit. L'horloge affichait 23 heures 30. Elle était juste à l'heure pour voir la rediffusion d'une conférence de presse d'Anderson qui avait évidemment eu lieu un peu plus tôt le même jour. Il parlait d'exporter quelques-uns de ses service clients en Inde. Il confirma qu'il ne ferait aucun licenciement au sein de son cabinet en général. Au contraire, la fusion permettrait la création de nouveaux postes, dont le coût devrait être compensé à l'international, grâce à une économie d'échelle. Angela le trouvait très beau à l'an-tenne. Elle aurait aimé ne pas avoir eu à s'occuper de Maxine ce soir-là. Elle aurait tant voulu aller à un autre rendez-vous avec l'Anderson de ses rêves. Mais elle aurait toujours le temps pour cela. Angela et Anderson étaient tous deux des personnes extrêmement occupées, il fallait donc s'attendre à ce que leurs rendez-vous en pâtissent. Elle se résolut à l'appeler le lendemain matin. Il ne travaillerait sûrement pas un samedi.

Cette nuit là fut agitée pour Angela. Elle était très inquiète à propos de son amie. Lorsqu'elle se réveilla, à 7 heures 30, par habi-tude, elle fit elle-même son petit-déjeuner et décida d'aller s'entraîner. Sa séance de sport fut intense et elle se sentit beaucoup mieux après. Dans le taxi en route pour chez elle, elle appela Henry. Henry avait des nouvelles pour elle. Apparemment, Maxine avait contracté une souche rare de la grippe, une souche à laquelle les docteurs n'étaient pas tellement habitués. Ils avaient déjà vu quelques cas similaires l'année dernière. Maxine avait été mise sous traitement, et devrait se remettre d'ici une semaine. Il était primordial qu'elle se repose complètement, boive beaucoup, mange autant que possible, et soit soutenue par son entourage.

Ce soir là, Angela dîna avec Henry dans une petite cafétéria à côté de l'hôpital. Le dîner fut en grande partie silencieux étant donné qu'ils étaient morts d'inquiétude pour Maxine et n'avaient pas grand-chose à dire. Après le dîner, ils s'arrêtèrent à l'hôpital pour rendre visite à Maxine. Elle semblait aller mieux. On avait surélevé sa tête pour qu'elle puisse regarder la télévision. Elle était aussi moins pâle. Elle avait apparemment réussi à manger, bien que bien que la portion fut encore petite.. Angela s'approcha du lit.

"Chérie" commença-t-elle. "Nous sommes là pour toi, à cent pour cent. Comment te sens-tu ?"

Maxine gémit, mais ajouta, "Merci, à vous. Je suis désolée."

"Tu n'as aucune raison de t'excuser auprès de nous," dit Henry. "J'aurai juste voulu t'emmener à l'hôpital plus tôt. On aurait pu étouffer ça dans l'œuf bien avant. "

"Tu vas aller beaucoup mieux, je te le promets," dit Angela en mettant une mèche des cheveux de Maxine derrière son oreille .

"J'ai l'impression de brûler de l'intérieur." dit Maxine, laissant échapper un autre gémissement.

"Le docteur dit que tu devrais pouvoir sortir dans une semaine.. Deux semaines tout au plus. Je te parie que tu seras de retour sur le terrain avant la fin du mois," dit Henry de façon optimiste.

"J'espère aussi," gémit Maxine.

Angela, Maxine, et Henry traînèrent ensemble pendant encore quelques instants. . La fin des heures de visite était dans une demi-heure environ. Ils regardèrent donc la télévision, et essayèrent d'être aussi gais que possible, étant donné la gravité de la situation. Lorsque ce fut le moment d'y aller, Henry et Angela partagèrent un taxi pour retourner à leur destination respective. Angela lui dit qu'elle retournerait rendre visite à Maxine, aussi souvent que possible. Henry la remercia pour son geste.

Lorsqu'Angela arriva chez elle, elle se débarrassa de ses chaussures et s'écroula sur le canapé. Puis son téléphone sonna, c'était Mark.

"Salut Mark!" dit Angela.

"Salut poupée, " dit-il. "J'étais dans le coin. Je pensais passer pour une de nos nuits cinéma."

"Bien sûr que tu peux passer. Mais sache que je suis d'humeur à ne rien faire. Maxine est à l'hôpital, elle est très malade."

"D'humeur à ne rien faire ? Je parie que je peux te remonter le moral, princesse."

"Oui, peut-être," dit Angela. "Monte, je serai là. Je regarde juste la télévision."

Mark ouvrit sa porte et se dirigea directement vers le salon, se laissant tomber sur le canapé à côté d'elle. Il déposa ensuite un baiser sur sa joue et lui massa les épaules.

"Tu as raison, bébé, tu as effectivement l'air triste. Je suis tellement désolé à propos de Maxine."

"Ça devrait aller. C'est juste une grosse poisse c'est tout. Les docteurs sont optimistes. Ils disent qu'elle devrait sortir dans une semaine. Deux semaines maximum."

"C'est bon signe" dit Mark. "Elle doit garder son niveau de jeu si elle veut participer à des tournois. "

"C'est ce qui l'inquiète le plus," dit Angela.

Angela s'allongea sur Mark. C'était réconfortant pour elle d'avoir un ami proche et intime au moment où elle était si inquiète à propos de Maxine. Elle tenait profondément à Mark. Tout comme elle tenait à Anderson. Avec Anderson, toutes les portes semblaient s'ouvrir devant elle. Avec Mark, elle se sentait à l'aise comme en famille. Ses mains étaient familières, comme l'étaient ses lèvres, et son odeur masculine.

Mark mit l'un de ses longs bras autour d'elle et la serra très fort.

Puis il embrassa le haut de sa tête, avant de descendre jusque son front, puis le nez, et finalement ses lèvres. Elle l'embrassa en retour. Très vite ils s'embrassaient de nouveau. Elle grimpa sur lui et retira son t-shirt. Ensuite elle détacha son soutien-gorge. Mark embrassa ses gros seins d'un blanc laiteux qu'elle approcha de son visage. Ses mains gravitaient vers le bas, en direction de son cul. Il attrapa chacune de ses fesses d'une main qu'il serra.

Angela eut l'impression qu'une vague d'électricité parcourait tout son corps. Elle était indéniablement excitée. Elle attrapa ensuite sa main et le mena jusqu'au lit sur lequel ils s'allongèrent. Il lui ôta ses vêtements, avec son aide, et se positionna ensuite au-dessus d'elle. Il retira ensuite le pantalon d'Angela, exposant son corps nu. Sa main puissante effleura son ventre avant de descendre progressivement jusqu'à sa féminité. Il positionna ensuite sa tête entre ses jambes. Il fut hypnotisé par l'odeur de son vagin humide. Il lécha ensuite ses lèvres, les séparant avec ses doigts. Alors que sa langue dansait et tournait autour de son clitoris, il inséra deux doigts puis il commença à la doigter en rythme jusqu'à l'extase. Alors qu'elle criait, submergé par un premier orgasme, Mark se sentit fier de pouvoir lui donner autant de plaisir. Il remonta ensuite doucement en déposant des baisers tout le long de son corps, jusqu'à sa bouche. Ils partagèrent alors un long baiser passionné .

"Je suis prête pour toi," dit Angela doucement, respirant toujours fortement..

"Parfait , moi aussi," répondit Mark.

Il lui fit donc l'amour. Chaque va et vient puissant les rapprochaient un peu plus de l'extase totale. Quelques minutes plus tard, il était prêt à jouir.

Lorsqu'ils atteignirent l'orgasme ensemble, elle planta ses ongles dans son dos et cria son nom. Après ça, ils s'allongèrent l'un à côté de l'autre, se câlinant et riant doucement..

Angela tendit la main jusqu'à un placard et sortit un grand godemiché vibrant de 30 cm.

"Tu as déjà utilisé un de ces machins sur une femme ?" demanda Angela.

"Non, je ne peux pas en dire autant. T'as déjà utilisé ça sur toi ?"

"Parfois oui, et j'adore être pénétrée avec. Mark, je veux que tu le mettes dans mon cul. Je veux me sentir baisée dans les deux trous."

Mark prit le godemiché et étala du lubrifiant dessus. Angela se mit à quatre pattes écartant les jambes et courbant son dos afin que son cul soit complètement visible. C'était un beau cul. Tellement pur et plantureux. Mark plongea dedans et l'embrassa juste entre les fesses, laissant une traînée de salive couler vers la fente de sa chatte.

"Baise-moi avec ça, Mark, " dit Angela. "Je suis prête."

Mark lubrifia de nouveau son cul par précaution et inséra ensuite doucement le godemiché sur toute sa longueur Alors qu'il était presque totalement à l'intérieur, Angela laissa échapper un gémissement de plaisir.

"Continue de me baiser," ordonna Angela.

Mark entama donc un mouvement de va et vient pendant plusieurs minutes. Il commençait lui-même à redevenir dur . Avec sa main libre il commença à masser le clitoris d'Angela, ce qui l'envoya tout droit au Septième Ciel. Angela jouit plusieurs fois, à chaque fois criant le nom de Mark. Finalement, alors que son dernier orgasme touchait à sa fin, Mark retira le godemiché et le déposa sur son lit. Il massa une autre fois légèrement sa chatte, tout en doigtant son vagin, et puis se retira. Il embrassa son dos et son cou, suivi de ses joues et lèvres. Ils s'allongèrent l'un à côté de l'autre en silence pendant un moment.

"Tu es si merveilleux au lit, Mark," dit Angela.

"Merci, toi aussi," dit Mark.

"J'espère qu'on continuera à se voir," dit Angela.

"Pourquoi on ne pourrait pas ?" demanda Mark

" Sans raison. ."

Angela se sentait coupable de ne rien dire à Mark au sujet d'Anderson. Elle n'était pas du genre à trahir qui que ce soit. Elle avait cependant l'impression que ça n'était pas encore le moment de partager les détails de sa relation avec cet homme. Anderson et elle n'avaient eu qu' un rendez-vous, en réalité. Elle ne se considérait pas encore comme sa petite amie. Faire l'amour avec Mark semblait donc normal. Leur relation était sans attaches.

Mark passa la nuit, chez elle et le matin suivant ils sortirent pour un petit déjeuner. Ils prirent un brunch au restaurant à quelques pâtés de maison plus loin. Mark lui parla de son travail et des biens immobiliers qu'il gérait en ce moment.. Il était apparemment sur le point de décrocher un contrat qui lui rapporterait des centaines de milliers de dollars. Il était très excité, et annonça qu'il pourrait finalement être capable de s'offrir un appartement vraiment sympa grâce aux bénéfices. Angela évoqua à Mark sa nouvelle opportunité de travail pour le gouvernement. Angela commençait à se dire que le fait de travailler avec Frank était vraiment une opportunité à ne pas manquer. Elle se demandait comment elle annoncerait la terrible nouvelle à Eric. Mark l'encourageait en lui disant que c'était une bonne idée et qu'elle devait foncer.

Une fois Mark rentré chez lui, Angela reçu un appel d'Henry. Maxine allait beaucoup mieux ce matin, et était presque complètement guérie. Le médicament qu'ils lui avaient donné fonctionnait bien, apparemment. Les docteurs estimaient même son retour à la maison possible dans moins d'une semaine.

"Tu veux que je passe à l'hôpital cet après-midi ?" demanda Angela.

"Tu peux si tu veux," répondit Henry. " Ça lui ferait plaisir de te voir. Surtout aucune pression. Si tu es occupée, nous comprenons absolument.

"C'est absurde," dit Angela. "J'étais sur le point d'aller faire du sport mais je peux faire ça à n'importe quel moment. Je vais prendre un taxi maintenant. Je veux voir ma meilleure amie."

Lorsqu'Angela arriva à l'hôpital elle se dirigea jusqu'à la chambre de son amie qui était très heureuse de la voir.

"Mon amie!" s'exclama Maxine. "Tu es superbe. Comment fut ta soirée la nuit dernière ?"

"J'ai vu Mark," dit Angela. "Ne te focalise pas sur moi. La chose la plus importante c'est ta guérison. Comment te sens-tu ? Tu as l'air beaucoup mieux."

"Je crois que les médicaments fonctionnent. Les docteurs ne savaient pas trop quoi faire au départ. Apparemment la souche de grippe que j'ai contractée est très rare. Ils ont su quoi faire, juste à temps. J'avais peur que ma maladie ne soit fatale. J'étais sûre que mon état ne s'améliorerait pas. "

"Non ça n'allait pas en s'améliorant," confirma Angela. "Tu nous a donné à tous une frayeur. Ne me fais plus jamais ça !"

Angela serra la main de Maxine.

"Je te le promets, ma chérie," dit Maxine.

"Merci d'être là pour nous," dit Henry. "C'était vraiment bon de t'avoir à nos côtés dans ces moments difficiles."

"Comme si j'avais pu faire autrement!" s'écria Angela.

Angela enlaça Maxine. Elle fit de même avec Henry.. Elle resta encore quelque minutes et finit par les quitter. Angela retourna chez elle afin de réfléchir à la meilleure façon d'annoncer à Eric qu'elle avait décidé de travailler pour Frank.

TROISIÈME PARTIE: CE DONT ELLE A BESOIN

Ouvrant la voie

Angela était submergée par la quantité de choses qui se passaient dans sa vie. Il y avait ses relations, son entretien, Maxine qui était tombée malade, et son idylle avec Anderson. Elle adorait sa vie, même si elle devait admettre que les choses s'intensifiaient un peu. C'était un dimanche soir, et elle savait que le lendemain, elle devrait annoncer à son patron, Eric, qu'elle acceptait l'offre de Frank Edwards lui proposant de travailler pour lui. Elle appréhendait cette conversation, Eric avait été un patron formidable durant toute la période où elle avait travaillé pour lui. Mais elle s'attendait à ce qu'il soit compréhensif puisque ce changement était uniquement un moyen de faire évoluer sa carrière. Ça n'avait rien de personnel.

Alors que c'était dimanche soir et que le reste du monde se préparait pour la semaine de travail, Angela décida de passer une nuit relaxante seule à la maison. Comme elle ne voulait rien faire, elle décida de prendre un bain et de regarder Netflix. Alors qu'elle se glissait dans sa robe de chambre, elle commençaà préparer le bain, en y ajoutant autant de mousse que d'huiles essentielles. Sa baignoire était l'une des meilleures choses de son appartement. Elle était relativement large pour pouvoir s'y étendre et avait des jets d'eau pour masser ses muscles tendres. Le flux au robinet était puissant et remplissait la baignoire rapidement.

Angela laissa tomber sa robe de chambre et mit un pied dans le bain. C'était brûlant. Elle s'y glissa ensuite confortablement, balançant son autre jambe par-dessus le rebord de la baignoire et s'immergeant ainsi pleinement dans les jets d'eau vibrants et relaxants. Elle ferma les yeux et lâcha un long soupir de soulagement.

A chaque fois qu'elle prenait un long bain comme celui-ci, ses pensées revenaient toujours à comment sa vie se déroulait. Elle évoluait dans sa carrière. Elle avait de formidables relations. Anderson, le plus sexy des milliardaires en ville, la traitait comme une véritable reine. Elle avait eu des relations sexuelles géniales avec des personnes formidables. En fait, Angela pensa gaiement, elle était un peu en train de devenir une petite traînée. Elle avait couché plusieurs fois avec des personnes différentes, au cours de la semaine dernière. Mais elle savait que ces rencontres étaient sûres, et tant qu'elle n'était pas négligente en laissant les mauvaises personnes découvrir ce qu'elle faisait, il n'y avait franchement aucun de mal à ça.

Elle pensait à la dernière fellation qu'elle avait faite à Anderson. Angela avait vu beaucoup de bites dans sa vie, mais aucune d'entre elles n'était aussi bien que celle d'Anderson. Elle adorait tout à son propos. Elle n'était pas du genre à tellement aimer faire des fellations, mais elle devait admettre que descendre en-dessous de la ceinture d'Anderson était franchement amusant. Il semblait tellement apprécier.

Alors qu'elle pensait à la queue d'Anderson, elle attrapa le pommeau de son bain et l'abaissa juste en face de sa chatte. Elle écarta ses genoux et approcha le jet d'eau. C'était incroyable à quel point cela ressemblait à du sexe oral. Le jet donnait des pulsations et stimulait son clitoris, la massant autour de ses lèvres. Elle garda le jet là pendant quelques minutes. Elle fut rapidement excitée. Elle titilla le bout d'un de ses tétons massifs, le faisant tourner entre son pouce et son index. Elle était sur le point d'avoir un orgasme. Elle posa alors le pommeau, et commença à frotter ses lèvres de sa main libre. Quelques instants après elle était secouée en plein cœur par un orgasme explosif. Ce fut merveilleux.

Elle sortit ensuite de la baignoire et retira le bouchon, laissant l'eau se dissiper. Elle remit sa robe de chambre avant d'aller se mettre devant la télévision. Elle mit les informations qui traitaient du cabinet d'Anderson. Ils agrandissaient les ressources humaines, et s'étaient mis à engager toute sorte de nouvelles personnes venant du monde entier. Après la fusion, le cabinet d'Anderson serait la plus grande société de consultants au monde, avec des opérations sur tous les continents.

"Oh Anderson," murmura-t-elle à elle-même. "Tu es un homme puissant. Et je suis ta femme."

Le jour suivant était lundi et tout le monde semblait un peu sonné au bureau. Eric lui apporta un café chaud. Double crème, double sucre. Juste comme elle l'aimait. Elle accepta avec joie avant de dire à Eric qu'il y avait quelque chose dont elle voulait lui parler lorsqu'il aurait un peu de temps.

"Donne-moi juste quelques heures, Angela. J'ai besoin de revoir certains documents. Anderson souhaite un retour avant la fin de la journée. Viens me voir à la pause-déjeuner. Nous pouvons peut-être sortir manger un morceau ensemble."

Angela passa le reste de la matinée à se débarrasser de quelques tâches ingrates. Elle devait revoir quelques feuilles de calcul, et en avait une ou deux autres à commencer. Lorsque le moment du déjeuner arriva, Eric réapparut à son bureau et suggéra qu'ils aillent au Folocia's. C'était un nouveau restaurant italien qui venait juste d'ouvrir un pâté de maison plus bas.

"Vous savez que je suis Italo-américaine, n'est-ce pas?" demanda Angela.

"Je crois que j'étais au courant de cela," répondit Eric. "On pourrait manger italien en ton honneur alors."

Au restaurant, Eric commanda des linguines aux fruits de mer et un Perrier. Angela prit juste une salade.

"Alors Angela," commença Eric. "A propos de quoi souhaitiez-vous me parler ? "

"Eh bien, premièrement, laissez-moi juste dire que j'y ai réfléchi vraiment longuement. Comme vous le savez, j'ai bien considéré l'idée d'aller travailler pour Frank Edwards. Et même si j'ai passé de nombreuses années enrichissantes à travailler pour vous et que je regretterais de vous quitter, je dois vous dire que je vais accepter l'offre de Frank. J'espère que vous Arriverez à comprendre ma décision."

"Eh bien, il nous sera difficile de vous remplacer. Vous vous êtes fait une place bien à vous au sein du cabinet. Vous savez ce que je pense de vos performances de travail. Vous avez toujours plus que répondu à nos attentes. Peu importe, je suppose que je dois respecter votre décision. Si les choses ne se passent pas comme prévu à votre nouveau poste, sachez que vous aurez toujours une place ici dans mon équipe."

La réaction raisonnable d'Eric réchauffait le cœur d'Angela.

"Je souhaite que nous gardions contact, Eric," dit Angela. "Tu as été un patron formidable, et j'espère que nous pourrons devenir amis."

"Ce serait formidable."

"Dînons ensemble la semaine prochaine, une fois que j'aurai récupéré toutes mes affaires au bureau. J'aimerai te montrer le club où je suis inscrite. Ça s'appelle le Carlisle. Maintenant que nous sommes amis, j'aimerai que l'on entretienne cette relation."

"Très bien. Tiens mon numéro de téléphone. Appelle-moi quand tu veux et on ira s'entraîner."

Cette soirée là, Angela décida de rendre visite à sa mère. Elle prit un taxi directement du bureau jusqu'à son appartement à l'autre bout de la ville. Elle marcha jusqu'à l'entrée où elle trouva son nom sur l'interphone avant d'appuyer sur la sonnette.

"Oui?" dit la voix de Karen dans l'interphone.

"C'est Angela. Je voulais juste m'arrêter et voir comment tu allais. "

"Monte."

Angela entra dans l'appartement de Karen. Il était de taille moyenne, avec des meubles assez basiques. Il y avait un canapé, une télévision, une table à manger, une grande cuisine toute équipée, et une chambre avec un double lit et quelques étagères .

Angela alla jusqu'au canapé, posa son sac, et s'assit.

"Est-ce que je t'amène quelque chose, ma chérie?" demanda Karen. "Une tasse de thé peut-être ?"

"Oui, ce serait merveilleux, maman," dit Angela.

Alors que Karen préparait le thé, Angela sortit son téléphone et passa en revue certains e-mails pour le travail. Elle se trouvait dans la phase où elle devait annoncer à ses contacts qu'elle changeait de travail. Eric avait quelqu'un pour la remplacer, une jeune femme du nom de Tina Tupinski qui venait juste de décrocher son diplôme en Administration des entreprises dans une prestigieuse école. Angela devrait former Tina à son poste toute la semaine prochaine afin que la transition soit aussi fluide que possible.

Lorsque Karen revint dans le salon, elle apportait un plateau avec une théière dessus et deux tasses en céramique. Elle le plaça sur la table basse et s'assit à côté d'Angela. Elle remplit les deux tasses de thé, et proposa à Angela du sucre et du lait, mais Angela préférait le prendre pur. Elles burent en silence durant quelques minutes.

"Et comment ça se passe au travail, ma chérie ?" demanda Karen. "Est-ce que tu vas accepter l'offre de Franck ? "

"Oui, en effet je vais l'accepter. Je viens juste de le dire à Eric, qui est assez triste de me voir partir. Apparemment j'ai une certaine valeur au cabinet. »

"Eh bien, je l'ai toujours su. Tu as toujours été douée et astucieuse dans le domaine de la finance. Je l'ai toujours dit . »

"Et à propos de toi, maman? Quoi de neuf dans ta vie ? »

"Tu ne le croiras pas, mais en fait j'ai rencontré quelqu'un. Son nom est Ben Taylor. Il a soixante-trois ans, et c'est un banquier à la retraite. Nous nous sommes rencontrés au Bingo l'autre soir. Il est si gentil, Angela. "

Angela était sincèrement heureuse pour sa maman. Depuis le décès de son père, Karen était restée célibataire. Karen était une femme attirante. Mince, avec des cheveux longs, et plutôt bien conservée pour une femme de son âge. Il n'y avait aucune raison pour qu'elle ne puisse pas se retrouver un petit-ami.

"Merveilleux, Maman!" s'exclama Angela. "Et comme vous êtes tous les deux à la retraite, vous pourrez passer beaucoup de temps ensemble. A quand le mariage ?"

Karen rit tellement fort qu'elle dut poser sa tasse de thé.

"Non, Angie. Pas encore. Nous venons tout juste de nous rencontrer ! Mais il m'emmène au cinéma ce Vendredi. En parlant de ça, vu que Rosalie est encore en ville avec Sam, peut-être qu'on pourrait faire quelque chose tous les cinq. Un bowling ça pourrait être amusant, non ?

Angela se demanda si elle pourrait venir accompagnée d'Anderson. Cela ferait une sortie à six. Un bon chiffre. Trois couples.

"C'est une bonne idée, maman," dit Angela. « Je suis très occupée cette semaine. Je dois former la nouvelle fille pour mon poste. Mais le week-end prochain je devrais être libre. On devrait s'organiser quelque chose. Et je pourrai emmener Anderson."

Les yeux de Karen s'illuminèrent.

"Tu crois qu'il acceptera d'aller dans un bowling miteux ? Je veux dire, tu ne penses pas qu'un homme de son rang pourrait avoir honte d'être vu dans un lieu comme celui-là ?"

"Je crois qu'il m'aime, maman. Et puis, il adorerait rencontrer ma famille. Nous tous. »

À ce moment-là, le téléphone d'Angela vibra. Elle regarda l'écran, c'était Anderson. Le message disait simplement :

Salut bébé, je pense à toi. Longue journée aujourd'hui. Très occupé. J'ai besoin d'un moment Angela . Je peux passer à ton appartement ce soir vers 20 heures ?

Karen et Angela terminèrent leur thé. Angela resta un peu plus longtemps. Elle voulait en savoir plus à propos de Ben. Il s'avérait qu'il avait eu une carrière très intéressante. Il avait travaillé et gravit les échelons au sein de son cabinet comme investisseur. Il avait rejoint l'armée comme officier supérieur, et servit durant deux ans en outre-mer. Il était dorénavant à la retraite. Comme Karen le disait, le fait de ne rien faire le rendait fou. Le Bingo était juste une activité qui lui permettait de s'occuper. C'était également un fervent marin et il collectionnait les premières éditions rares des livres. C'était une personne très cultivée qui avait fait de longues études. Angela était très heureuse pour sa mère.

Quand le moment de partir arriva, Angela s'excusa et remercia Karen pour le thé. Elle lui promit qu'elle essaierait de voir si Anderson voudrait aller au bowling ce week-end. Karen était très enthousiaste. Elles s'enlacèrent pour se dire au-revoir, et Angela quitta l'appartement.

~

De L'Amour Dans L'Air

DANS LE TAXI pour rentrer chez elle, elle répondit à Anderson pour lui faire savoir qu'il pouvait venir quand il le souhaitait. Elle reçut un message en réponse disant qu'il serait là dans une demi-heure.

De retour à son appartement, Angela décida de se préparer pour Anderson. Elle tamisa l'éclairage, mit un peu de jazz en fond (elle avait un faible pour Miles Davis), et alluma quelques bougies parfumées. Elle se dirigea ensuite vers son armoire et chercha quelque chose de sexy à se mettre.

Elle possédait plusieurs robes qui auraient été parfaites. Elles étaient toutes sexy avec un grand décolleté. Mais elle décida de plutôt mettre de la lingerie à la place. Elle prit un joli ensemble rouge qu'elle mit devant elle dans le miroir. La lingerie, qui se mariait bien avec ses beaux cheveux bruns foncés et son teint méditerranéen, était parfaite.

Le soutien-gorge rouge en dentelle était décolleté, révélant une grande partie de sa peau et transparent pour exposer ses tétons hâlés. Sa culotte était échancrée, et galbait son cul , exposant ainsi sa parfaite croupe ronde. Elle enfila la lingerie, et se regarda dans le miroir. Elle pivota, obtenant ainsi une vue à trois-cents soixante degrés de son corps parfait. Elle se sourit à elle-même. Elle savait qu'Anderson adorerait cette surprise.

Elle se glissa dans une robe de chambre en soie qu'elle noua autour de sa taille avant d'aller dans la cuisine. Elle fouina à l'intérieur de son frigo, et y trouva une bouteille de champagne non entamée. Elle mit la bouteille dans un seau en métal rempli de glace qu'elle amena dans la salle à manger, où elle le posa sur la table. Tout était parfait. Elle s'assit sur le canapé et pour jouer avec son téléphone. Alors qu'elle attendait l'arrivée d'Anderson, elle parcourut quelques-uns de ses contacts en plus, notant ceux qu'elle devrait appeler au travail.

Lorsqu'elle entendit frapper à la porte, son cœur bondit. Elle marcha jusqu'à la porte, et demanda d'un ton taquin qui c'était.

"C'est la police," fut la réponse.

La voix d'Anderson était facilement reconnaissable.

"J'ai été mauvaise?" demanda-t-elle, malicieusement.

"Tu as été très méchante. Maintenant ouvre pour que je te donne ta punition. »

"J'espère que vous m'avez réservé une grosse punition bien dure. »

Angela ouvrit la porte sur un Anderson en costume bleu foncé et manteau beige. Il avait avec lui quelques boîtes en polystyrène qui, au premier regard, semblaient contenir des sushis.

"Puis-je entrer?" demanda-t-il.

Angela l'attrapa par son manteau et le tira à l'intérieur. Anderson eut à peine le temps de refermer la porte qu'Angela se mettait sur la pointe des pieds pour l'embrasser passionnément. Elle le poussa contre la porte et, tout en retirant son manteau, laissant ses mains parcourir tout son corps et ses cheveux. Elle commença à retirer ses vêtements , les jetant sur une chaise longue du salon. Les mains d'Anderson parcouraient le corps d'Angela. Elles glissèrent d'abord dans ses cheveux. Elles tracèrent ensuite la silhouette de son dos. Il lui caressa ensuite les seins, avant de descendre vers ses fesses. Il était évident qu'elle n'avait pas grand-chose sous sa robe de chambre.

"Viens avec moi, " ordonna Angela à Anderson qui était presque nu.

Ils marchèrent jusqu'au canapé et s'assirent. Angela déboucha le champagne frais, et remplit un verre pour chacun d'entre eux. Elle prit ensuite la nourriture qu'Anderson avait apportée et la servit à table. Ils mangèrent pendant un moment, sans vraiment vouloir parler ou gâcher le moment. Lorsqu'ils furent rassasiés, Angela débarrassa la table avant de retourner s'asseoir sur le canapé, à l'opposé d'Anderson. Elle se pencha en arrière et laissa sa robe tomber sur le sol. Ses jambes étaient juste assez écartées pour qu'Anderson puisse entrevoir sa belle chatte rose.

"Alors comment fut ta journée, chéri ?" demanda Angela.

Anderson déglutit. Il rougissait à vue d'œil et était très excité.

"Euh, ça s'est bien passé. Je suis en train de préparer un voyage en France. On a quelques petites choses à régler à Paris. De nouveaux bureaux qui ouvrent et tout ça. Comment était ta journée ?"

Angela fit lentement glisser sa main vers sa chatte avec laquelle elle se mit à jouer.

" Ça s'est bien passé," dit Angela nonchalamment. " J'ai dit à Eric que je quittais le cabinet pour aller travailler pour Frank. Il l'a plutôt bien pris même si je pense qu'ils auront du mal à me remplacer. "

Les doigts d'Angela dansaient le long de son vagin, écartant ses lèvres, puis frottant son clitoris. Elle remarqua qu'une bosse s'était formée sous le pantalon d'Anderson.

"Et comment va ta mère?" demanda Anderson, essayant de paraître nonchalant.

"Elle a un nouveau petit-ami," répondit Angela d'une voix monotone.

"Oh, tant mieux pour elle."

"Viens ici," ordonna Angela.

Anderson avança lentement jusqu'à elle et l'embrassa sur les lèvres. Angela dirigea ensuite sa tête vers ses jambes, jouant avec ses cheveux, jusqu'à qu'il se trouve juste en face de sa chatte.

Anderson n'avait pas à demander à Angela ce qu'elle voulait. Il la lécha autour de ses lèvres, s'attardant autour de son clitoris. Sa langue explorait tout le tour de sa chatte, entrant dans son trou et dansant ensuite jusqu'à en ressortir en massant doucement ses lèvres intérieures. Il écarta ses lèvres d'une main, pour pouvoir atteindre les pliures internes de son vagin.

Angela gémit de plaisir. Elle commençait à écraser ses lèvres, poussant sa chatte dans le visage d'Anderson. Anderson savourait son goût, ne perdant pas un instant en embrassant et léchant sa vulve. Cela dura pendant vingt-cinq bonnes minutes.

Angela releva ses hanches pour faire glisser sa culotte qui pendouillait alors sur l'une de ses chevilles. Elle se retourna et mis le cul en l'air. Anderson eut alors une merveilleuse vue de sa chatte et de son cul, encore agenouillé devant elle, et il se mit à lécher sa chatte par derrière. Son visage était en face de sa zone intime. Il atteignit ses fesses et les écarta. Il embrassa le trou de son cul, et lécha ensuite un peu plus sa chatte ; Angela cria de plaisir.

"Baise-moi Anderson," murmura Angela. « Je te veux à l'intérieur de moi maintenant. »

Anderson retira son pantalon et se mit à genoux derrière elle ; il fit alors entrer sa bite dure comme du fer à l'intérieur de sa chatte, doucement dans un premier temps. Il commença ensuite à la baiser de plus en plus fort. Ses coups étaient tendres et bien marqués. Ils n'étaient pas forcés. Il ne cassa le rythme à aucun moment, alors qu'Angela était de plus en plus en extase.

"Touche mon cul," ordonna Angela "Je veux sentir tes mains partout sur mon cul."

Anderson ne perdit pas une seconde, serrant ses fesses et les séparant. Il plaça un doigt à l'intérieur de son trou et le garda à l'intérieur, baisant toujours Angela en rythme.

"Oh oui, Anderson, c'est si bon. Tu es si fort. Baise-moi plus fort. Ta bite me fait tellement de bien. "

Angela remarqua alors qu'Anderson bandait de plus en plus dur. Il semblait qu'il soit prêt à venir. Angela voulait qu'Anderson jouisse à l'intérieur d'elle. Elle poussa son cul contre son torse, essayant de la faire entrer encore plus profondément en elle.

Anderson éjacula à l'intérieur de son vagin, son orgasme durant au moins trente bonnes secondes. Angela cria de plaisir alors qu'il venait.

Ils s'écroulèrent ensemble sur le canapé, exténués. Angela se sentit complètement satisfaite après voir fait l'amour avec lui. Vu le regard d'Anderson, lui aussi.

Ils allèrent jusqu'au lit où ils se mirent sous les couvertures. Ils voulaient tous les deux faire une petite sieste. Lorsqu'ils se réveillèrent, il était presque minuit.

"Ma mère voulait m'inviter au bowling ce week-end. Ma sœur, son petit-ami et le petit ami de ma maman, seront là. Tu veux venir ? »

"Samedi?"

"Oui. Tu aimes le bowling?"

"J'étais dans une équipe de bowling à l'université. Ça fait long-temps que j'ai plus joué mais ça pourrait être sympa."

Il y eut une longue pause. Angela se blottit contre Anderson, et mis ses fesses sur son entrejambe. Elle n'aurait su dire si c'était juste son imagination, mais elle Elle avait l'impression de sentir quelque chose durcir.

Anderson devait rentrer chez lui, et ne pouvait donc pas passer la nuit chez elle. Sa journée du lendemain commençait à 5 heures du matin. Il devait travailler sur leur expansion à Paris. Angela, quant à elle, devait se lever comme chaque jour à 7 heures du matin.

Le reste de la semaine passa relativement rapidement. Angela apprit les ficelles du métier à Tina jour après jour, essayant de l'accli-mater au bureau. Elle transféra même ses fichiers sur un cd afin que Tina puisse l'utiliser.

Ce vendredi là, Angela invita Tina et Eric à aller prendre un verre dans un bar des alentours pour célébrer la fin de la semaine de travail, et la transition réussie de Tina au sein de l'équipe. Eric et Tina trouvèrent que c'était une merveilleuse idée. L'après-midi passa assez vite, après quoi ils se rendirent jusqu'au "Flaming Eagles", un bar assez classique. Ils servaient les meilleurs martinis du quartier.

Eric, Angela, et Tina trouvèrent une table à côté de la fenêtre. Eric paya la première tournée de martinis.

"Aux nouvelles opportunités! Aux vieilles amitiés!" dit Eric en portant un toast.

Les trois levèrent leurs verres et, chacun se regardant à tour de rôle, se dirent " santé ! "

" Vous êtes contente de faire partie de notre équipe Tina ? " demanda Eric. "Je sais que la barre est haute mais vous êtes une femme intelligente et talentueuse, cela ne devrait pas vous poser de problème."

La conversation continua sur ce thème et juste comme les verres allaient et venaient, les trois collègues s'amusaient de plus en plus.

"J'ai toujours pensé qu'Angela était mignonne," admit Tina gloussant comme une petite fille.

Angela n'en croyait pas ses oreilles.

"Je ne sais pas quoi dire, Tina," dit Angela.

Puis Eric, qui ressentait lui aussi les effets des martinis, dit Autre chose, qui surprit tout autant Angela.

"Tu trouves pas Tina tout autant mignonne, Angela ?"

Angela eut une idée. Elle prit son téléphone pour aller Anderson. Elle espérait qu'il viendrait la chercher. D'habitude, il travaillait tard le vendredi, mais peut-être qu'il pourrait faire une exception pour elle et ses amis.

"Allô ?" dit Anderson.

"Anderson! Je suis avec Eric et la nouvelle fille, Tina. Dites bonjour."

Eric et Tina s'exécutèrent.

"Bref," reprit Angela, "on est en train de boire au Flaming Eagles et je me demandais si tu pouvais passer pour nous prendre en limousine pour qu'on aille en ballade. Mais que si ça dérange pas Pat."

"Je viens de sortir du travail. J'aurais bien envie de prendre un verre. Je peux y être dans environ une heure."

"C'est parfait bébé, à toute à l'heure," dit Angela, en raccrochant. "Tu sais, Tina, plus je te regarde, plus tu me rappelles ma colocataire de première année à l'université. Tu es aussi jolie qu'elle. Vous avez toutes les deux des cheveux blonds. Et une jolie poitrine."

Eric bien qu'un peu embarrassé, fut très intrigué par cette déclaration.

Les trois discutèrent et commandèrent quelques tournées en plus avant de partir attendre la limousine d'Anderson sur le trottoir. Eric avait payé l'addition, ce qui était vraiment sympa de sa part, car c'était un peu cher. Alors qu'ils attendaient, Tina glissa sa main sous le bras d'Angela et lui serra la main. Elles restèrent ensemble, main dans la main dix minutes tout au plus, jusqu'à ce que la limousine d'Anderson ne se gare et que Pat leur ouvre les portes.

Eric, Tina, et Angela entrèrent et se mirent à l'aise sur les sièges en cuir noir. Anderson embrassa Angela sur les lèvres, et donna une poignée de main énergique à Eric. Il enlaça également Tina, et dit qu'il était ravi de la rencontrer.

"Alors, ces verres ?" demanda Anderson, sans vraiment s'adresser à quelqu'un en précis.

"Trop bons," dit Tina dans un hoquet. C'est elle qui avait le moins d'expérience avec l'alcool. Elle était vraiment très drôle ivre. Et elle avait encore envie de s'amuser.

~

Moments Sauvages

ANDERSON DIT à Pat de conduire dans les alentours jusqu'à ce qu'ils décident de ce qu'ils voulaient faire. C'était vendredi soir, et ils n'avaient rien de prévu. Anderson n'avait que du liquide, et les quatre voulaient faire quelque chose d'amusant. Ils pensèrent à aller en discothèque. Ou dans un autre bar. Ou dans un restaurant chic. Puis Tina dit qu'elle voulait voir l'appartement d'Anderson. C'est à ce moment-là qu'Angela réalisa qu'elle n'y avait pas encore passé beaucoup de temps . Sans trop vraiment de raison, Anderson et elle avaient l'habitude d'aller chez elle.

"Je pense que c'est une bonne idée. Allons traîner à l'appartement d'Anderson," dit Angela.

"Tu ne veux pas aller en discothèque d'abord, bébé?" demanda Anderson.

"Je pense – hoquet- que nous devrions aller danser et ensuite aller chez Anderson. La soirée vient à peine de commencer. " dit Tina.

Eric prit alors la parole.

"Anderson, Mr. Cromby, Je voulais juste vous dire à quel point cela me faisait plaisir de passer un moment avec vous en dehors du travail. Notre cabinet est ravi de vous compter parmi ses clients, et le fait de vous voir en dehors du bureau, ça n'a vraiment pas de prix du bureau."

Anderson appréciait le compliment.

"J'ai le plus grand respect pour vous, M. Taylor. Ainsi que pour Mme Hayes . Si les choses se déroulent bien, nous pourrions peut-être faire plus de choses tous ensemble. Et bien-sûr nous pourrons également passer du temps avec votre épouse."

Tina eut à nouveau le hoquet.

"C'était de très bons martinis," dit-t-elle.

"Bon," dit Angela, interrompant le moment. « Allons en disco-thèque, ensuite chez Anderson. On devrait faire de cette soirée un moment mémorable. Et la question à 10,000 dollars, devrait-on inviter M. et Mme Edwards ou pas ?"

"Je vais leur passer un coup de fil," dit Anderson.

Anderson appela les Edwards mais ils ne répondirent pas. Il leur envoya donc un message pour avoir de leurs nouvelles. Pendant ce temps-là, ils devraient trouver un moyen de s'amuser sans eux.

"Je pense qu'il y a un peu de tequila dans le frigo," dit Anderson, avant de s'emparer d'une onéreuse bouteille de tequila mexicaine et d'aligner des verres à shot sur le bar de la limo pour qu'ils en prennent tous les quatre.

"Je veux lécher du sel sur le cul d'Angela," dit Tina soudainement.

Les trois d'entre eux rirent à cette proposition mais ils pensèrent tous que c'était une bonne idée. Tina savait exactement comment conduire le bal. Angela se pencha et leva sa jupe. Puis elle baissa sa culotte. Elle était bien consciente du fait que tout le monde avait une vue imprenable sur sa chatte rose. Eric trouva une salière dans l'un des tiroirs de la limousine qu'il saupoudra sur le cul d'Angela. Il y avait aussi des tranches de citron dans le frigo, que Tina prit pour en manger après le shot. Elle descendit le shot de tequila habilement et lécha ensuite le sel. Puis elle suça la rondelle de citron et la jeta.

"Qui veut être le suivant?" demanda Angela.

Ce fut le tour d'Eric. Il exécuta la même performance que Tina, sauf que cette fois, à la place de saupoudrer du sel sur les fesses d'Angela, il en déposa au-dessus de son trou. Puis il descendit le verre à shot et lécha avidement le sel sur son cul. Angela fut secouée d'un frisson le long de sa colonne vertébrale. Elle adorait ça. Et elle adorait aussi être le centre de l'attention.

Finalement, c'était le tour d'Anderson. Avant de saupoudrer le sel et de se servir lui-même un verre à shot, il frotta un peu la chatte d'Angela, la rendant bien mouillée. Mais Anderson décida de ne pas utiliser de sel au final. Il but son shot, et lécha ensuite la chatte d'Angela pendant une minute tout au plus, avant de sucer sa rondelle de citron.

"Personne d'autre? Pas de deuxième tournée ?"demanda Angela.

"J'ai envie de voir à quoi ressemble les bites de chacun," dit Tina, encore une fois les surprenant tous.

Eric semblait gêné à l'idée de retirer ses vêtements. Anderson, au contraire, avait presque terminé. Eric décida finalement de suivre Anderson en constatant la facilité avec laquelle il avait retiré son pantalon et jeté son caleçon. . Sa bite n'était pas aussi grande que celle d'Anderson, mais elle avait une bonne circonférence et les filles appréciaient de façon égale la vue de leurs deux membres.

Tina se mit au-dessus d'Eric avant de s'asseoir sur ses genoux. Elle s'appuya sur son épaule d'une main et caressait son érection de l'autre. Elle le branlait habilement, et et elle se mit ensuite à l'embrasser. Leurs langues tournoyaient l'une autour de l'autre a dans un baiser passionné. La vison des deux batifolant excita Angela.

Angela se positionna sur les genoux d'Anderson, mais cette fois, au lieu de glisser sa bite dans sa chatte, elle poussa son cul sur sa queue, jusqu'à ce que le bout glisse à l'intérieur de son trou du cul.

"Il me semble que c'est notre première fois de ce côté là. " murmura-t-elle à l'oreille d'Anderson.

Elle entama ensuite un mouvement de va et vient, sa queue glissant à l'intérieur et à l'extérieur de son trou du cul. Anderson se mit à dessiner des cercles autour de ses nichons, jouant avec leur poids, appréciant pincer et jouer avec ses parfaits tétons.

De sa main libre, celle qui ne branlait pas la bite d'Eric, Tina se mit à caresser la chatte d'Angela. Son clitoris était dur, et Tina mis sa main de la bouche d'Angela. Angela suça les doigts de Tina. C'était la lubrification dont Tina avait besoin. Elle commença à faire tournoyer ses doigts autour du clitoris d'Angela, s'assurant de masser sa chatte en même temps.

La sensation de la bite d'Anderson dans son cul faisait crier Angela de plaisir. Elle voulait le sentir remplir son cul de sa chaude semence. Juste à ce moment-là, Eric eut un orgasme explosif, arrosant la main de Tina de sperme. Quelques moments après, Anderson jouit également et remplit le cul d'Angela.

Quelques moments de silence passèrent. Les quatre d'entre eux se sentaient complètement satisfaits, et partageaient maintenant un niveau d'intimité que seules les personnes engagées sur le plan sexuel pouvaient ressentir.

Pat continuait de conduire dans les rues de la ville. Le groupe passa de la tequila au vin, comme Anderson avait amené une vieille bouteille très onéreuse de cabernet français. Tina fixait Anderson, avec un regard de biche innocente. Angela se demandait si Anderson avait envie de la baiser. Elle se demandait si Anderson avait un faible pour les jolies blondes.

Le téléphone d'Anderson sonna. C'était Frank Edwards. Lui et sa femme venaient juste de terminer une soirée de charité pour une organisation philanthropique dans laquelle ils étaient engager, et ils avaient apparemment envie de fêter ça en sortant en ville. Il y avait plein de place dans la limousine.

Anderson ordonna à Pat de s'arrêter à la soirée de charité pour aller prendre leurs nouveaux compagnons. Eric était très enthousiaste à l'idée de rencontrer Frank et Amanda. Une partie de lui voulait rencontrer la personne qui lui prenait une de ses meilleures employées. Bien sûr, et comme Eric l'avait précisé plusieurs fois, il n'en voulait à personne.

Frank et Amanda entrèrent dans la limousine. Ils étaient habillés de magnifiques et élégantes tenues de soirée. Frank portait un smoking noir et blanc, et Amanda était vêtue d'une robe magnifique et sexy, qui mettait naturellement en valeur sa belle silhouette. Elle avait fière allure pour une femme entrant dans la quarantaine.

"Ça sent le sexe ici," dit immédiatement Frank, Une remarque accueillie par un éclat de rire des autres.

Tina fit un clin d'œil à Frank avant de lui tendre la main.

"Je suis Tina!" dit-elle de façon enthousiaste. Frank remarqua en un coup d'œil qu'elle était non-seulement la plus jeune mais aussi la moins expérimentée du groupe. Mais qu'est-ce qu'elle était bonne.

Anderson sauta sur l'occasion.

"Frank, tu connais Angela. Voici Eric, il est sur le point de devenir l'ex patron d'Angela."

"Grâce à vous!" dit Eric, d'un ton blagueur.

"Je suppose que je dois te remercier, Eric. Tu as formé une très excellente femme d'affaires. Si ce qu'elle me dit est vrai, vous êtes un très fin manager également. Nous pourrions peut-être discuter de votre situation et pourquoi pas vous faire rentrer au gouvernement, un de ces jours. "

"Peut-être," dit Eric, qui aimait son travail actuel. L'offre le flattait, cependant.

"La nuit vient à peine de commencer, mes amis, " dit Anderson. "Que devrions-nous faire ?"

"Allons prendre des verres au Castle Winery," suggéra Frank, "ils ont la meilleure sélection de vins exotiques de la ville. Ça tente tout le monde ?"

Tout le monde semblait s'accorder sur le fait qu'il s'agissait là d'une excellente suggestion. Angela, elle-même, pensait que c'était une bonne idée étant donné que ce serait Anderson qui réglerait. L'addition à cet endroit pour six personnes pouvait facilement avoisiner les dix mille.

Pat mit environ vingt minutes pour se rendre jusqu'au prestigieux bar. Des tas de gens de la haute société affluaient déjà vers l'entrée. Anderson dit à Angela qu'il avait déjà reconnu au moins une douzaine de collègues de travail rien qu'en jetant un œil dehors devant l'entrée.

Ils sortirent à tour de rôle du véhicule jusqu'à que les six d'entre eux se tiennent devant l'entrée luxueuse. Il y avait une longue file d'attente. Anderson ne se voyait pas attendre une heure juste pour rentrer à l'intérieur. Il remit au portier plusieurs billets de cent dollars, et le portier, reconnaissant , leur libéra le chemin pour qu'ils puissent rentrer.

Angela fut époustouflée par la classe de l'endroit au moment même où elle y entra. Il y avait un grand bar en acajou au centre de la pièce, auquel plusieurs couples bien habillés étaient attablés. Des tables carrées décorées de nappes blanches se trouvaient vers le mur du fond. Un groupe en live composé d'un violoncelliste, d'un pianiste, d'une guitare classique, et d'un batteur jouait une mélodie jazz qui donnait à Angela envie de danser.

"Où devrions-nous nous asseoir?" demanda Anderson. "J'ai l'habitude de m'installer dans le coin là-bas, on a belle vue du groupe à cette table, et on pourrait parler entre nous tran- quillement."

"Bonne idée. " dit Frank, et le reste du groupe acquiesça.

Un maître les escorta jusqu'à la table souhaitée avant de les faire asseoir. Il leur apporta une longue liste de vins et une carte avec un peu de nourriture. Anderson fit quelques remarques sur les différents types de vins proposés, avant de décider quoi commander avec Frank et Eric. Le serveur apporta leurs bouteilles quelques instants plus tard et remplit leurs six verres.

Angela se perdait, submergée par la musique enchanteresse. Elle regardait Anderson, écoutait le groupe de musique. Elle lui prit la main en-dessous de la table et la serra. Anderson se tourna vers Angela et se pencha pour un baiser. Les deux remarquèrent que Frank et Amanda se tenaient également la main. Eric parlait à Tina à voix basse, tant et si bien qu'Angela ne pouvait pas entendre ce qu'ils se disaient. Mais elle passait un tellement bon moment qu'elle s'en fichait.

"Quelqu'un a faim?" demanda Anderson.

"Oui, un peu," dit Tina

"Qu'est-ce qui vous ferait envie ?" demanda Anderson, "Je vous recommande le filet mignon, personnellement. Il a bon goût lorsque la cuisson est à point."

"D'accord, je vais prendre ça. Suis-je la seule à manger ?"

Les autres se contentèrent de commander quelques hors d'œuvres. Ils avaient pris des calamars rôtis, du filet d'agneau, et quelques douzaines d'huîtres. Ce fut une quantité parfaite de nourriture et cela satisfit tout le monde.

"J'aurais aimé qu'il y ait une piste de danse ici," dit Angela.

"Nous pouvons toujours aller ailleurs pour danser," répondit Anderson. "Nous n'avons pas à rester ici toute la nuit."

Le groupe termina la bouteille de vin qu'ils étaient en train de boire, et en commandèrent plusieurs autres. Angela était plus que pompette. Entre les verres de tequila dans la limousine, et le vin, Le simple fait qu'elle puisse encore voir droit était un véritable miracle.

"Est-ce que tout le monde est aussi bourré que moi?" demanda Angela.

"J'y arrive," dit Eric, "Mais je pourrais encore boire un peu. Peut-être un scotch ou un brandy. "

Relations

LE RESTE de la soirée fut amusant pour tout le monde. Comme la soirée touchait à sa fin, Angela se mit à boire beaucoup d'eau afin de minimiser la gueule de bois du lendemain. Lorsqu'elle se réveilla à 11 heures, elle était étonnée de se trouver à l'appartement d'Anderson. Elle s'assit et jeta un rapide coup d'œil dans le pièce, réalisant qu'elle n'avait jamais vraiment exploré son appartement. Elle n'aurait pas vraiment été aussi curieuse s'il ne s'agissait pas de l'appartement d'Anderson. Mais à quoi pouvait bien ressembler l'appartement d'un multimilliardaire ?

Anderson dormait profondément à côté d'elle, allongé sur le ventre, il ronflait doucement. Il était torse nu. Angela se leva pour aller faire un tour. La première pièce qu'elle remarqua, hormis la chambre, était la cuisine. Elle était vraiment gigantesque. L'appartement était composé de huit pièces séparées. Trois d'entre elles étaient des chambres, le reste était divisé en gigantesques dressings, salons, et espaces de détente.

Il avait trois écrans plats gigantesques et des sofas avec le plus raffiné des cuirs italiens. Angela revint dans la cuisine et ouvrit le congélateur. Elle sortit un pot de crème glacée à la vanille et marcha Ben & Jerry's avant d'aller s'asseoir dans le salon. Elle regarda la télévision pendant à peu près une heure. Anderson était toujours endormi. Elle décida d'aller le réveiller.

Elle entra dans sa chambre puis elle lui retira son caleçon et se mit à branler sa bite raide. Sa queue s'endurcit encore un peu plus au contact de ses mains, jusqu'à ce qu' Anderson se retourne et se réveille.

" Je rêvais que je me faisais branler par une magnifique déesse. Et ce rêve était en fait en train de se réaliser," dit Anderson.

Angela se débarrassa de son soutien-gorge et de sa culotte puis elle lui grimpa dessus. Ils commencèrent à s'embrasser et alors que les mains d'Anderson parcouraient tout son corps, Angela pouvait sentir qu'elle mouillait de nouveau. Mais elle ne voulait pas faire l'amour tout de suite. Elle voulait qu'Anderson lui fasse une visite guidée de chez lui.

"J'ai fouiné un peu chez toi," dit-elle. "C'est assez charmant. Tu voudrais bien me faire faire un tour plus complet ?"

Anderson enfila une robe de chambre et marcha jusqu'à son gigantesque dressing. Il y trouva une robe de chambre bleue en coton pour Angela et lui passa. Anderson lui fit ensuite faire un tour de l'appartement en entier. Il expliqua le but de chacune des différentes pièces, et attira son attention sur la technologie présente dans chacune d'entre elles. Apparemment il y avait une commande vocale permettant de contrôler des choses telles que l'intensité des lumières ainsi que la température de chaque pièce .

"Tu es un prodige, mon amour," dit Angela. "Dis, maman veut que nous allions au bowling ce soir. Tu es toujours partant ?"

"Bien sûr que je le suis," dit Anderson, "mais j'ai besoin de quelques heures cet après-midi pour travailler un peu et j'aurai donc besoin de passer au bureau. Tu peux demander à Pat de te conduire où tu le souhaites pendant ce temps-là."

"Peut-être que j'irai rendre visite à Maxine et Henry pour leur faire une surprise. Je devais de toute façon voir comment Maxine se portait. Histoire d'être sûre qu'elle soit complètement remise.

"Ça m'a l'air d'être un plan."

Angela se doucha dans l'une des salles de bain luxueuses d'Anderson. La douche elle-même était magnifique. La pression de l'eau était vraiment forte et le contrôle de la température très subtil.

Sa douche fut longue et chaude, et lorsqu'elle sortit, sa peau était propre et hydratée (elle avait trouvé quelques lotions à utiliser dans la douche).

Elle s'habilla avec les mêmes habits qu'elle portait la soirée d'avant, embrassa Anderson pour lui dire au-revoir, puis elle sortit dehors sur le trottoir. Anderson avait appelé Pat, qui attendait devant. Il était accoudé à la limousine, fumant une cigarette. Lorsqu'il aperçut Angela il l'éteignit immédiatement et lui ouvrit la porte.

"Merci, cher Monsieur," dit Angela.

Elle indiqua à Pat l'appartement de Maxine. Lorsqu'elle arriva, elle sonna, et Maxine la laissa entrer. Angela vit immédiatement que Maxine allait beaucoup mieux. On aurait même dit qu'elle pourrait bientôt reprendre l'entraînement .

"Tu te sens mieux?" demanda Angela.

"Un million de fois mieux! Merci encore d'avoir pris soin de moi. J'ai parlé à mon entraîneur au téléphone hier, et nous allons commencer à nous préparer pour le prochain tournoi. Il aura lieu à Paris"

"C'est marrant, Anderson parle beaucoup du fait qu'ils vont s'étendre en France. Ils vont ouvrir un grand bureau à Paris. Vous pourriez peut-être vous y voir ou quelque chose du genre."

" On pourrait peut-être tous se retrouver ? Si tu pouvais prendre un congé, ce serait marrant de te voir là-bas. Tu devrais demander à Frank. Au fait, quand commences-tu à travailler pour lui ?"

" Je passe encore une semaine au cabinet et le lundi de la semaine suivante je serai au bureau de la trésorerie."

"C'est super. Je suis si fière de toi Angela."

"Comment va Henry ? Je sais qu'il a dû prendre des congés pour prendre soin de toi, mais il s'est remis dans le bain, ça y est ? "

"Ces subordonnés se sont occupés de ses projets pendant son absence. Donc ça devrait aller."

Angela et Maxine bavardèrent encore pendant quelques heures . Elles discutèrent d'amour, des informations, de leur carrière, et familles. Angela lui expliqua qu'elle avait prévu d'aller au bowling avec sa mère, Ben, Rosalie et Sam le soir même. Elle invita Maxine à venir également mais elle elle lui répondit qu'elle avait déjà prévu une session d'entraînement de tennis avec son entraîneur. Elle avait besoin de compenser le temps perdu et devait donc beaucoup s'entraîner.

Angela appela sa mère pour de l'heure à laquelle se retrouver pour aller au bowling. Karen lui dit qu'elle pensait que 18 heures serait une heure raisonnable. C'était l'heure à laquelle Rosalie et Sam avaient prévu d'y aller. Angela se rendit compte qu'elle devait passer chez elle si elle voulait se changer pour passer une tenue plus confortable, comme elle était toujours dans sa tenue de soirée.

Angela enlaça et embrassa Maxine, puis elle quitta son appartement. Pat était parti, elle prit donc un taxi pour rentrer chez elle. Lorsqu'elle sortit du taxi devant son immeuble, elle tomba sur Mark Stevenson.

"D'accord, ça devient flippant," s'amusa Angela. " Je n'arrive pas à croire que je tombe sur toi encore une fois ! Viens ici ! "

Angela donna à Mark un énorme câlin très serré. Mark l'enlaça en retour, ses bras forts enveloppant les magnifiques formes d'Angela.

"Comment vas-tu Angela ? Tu es occupée ?"

"J'ai un bowling dans quelques heures avec ma famille mais tu peux monter pour prendre un verre ou regarder un film ou autre chose."

Mark hocha de la tête, et Angela le prit par la main et le guida jusqu'aux portes de son immeuble . Une fois arrivés dans sa chambre, Angela retira tous ses vêtements.

"Tu ne perds pas une seconde, n'est-ce pas?" demanda Mark.

"J'ai besoin de me changer pour le bowling, idiot. Tu penses vraiment que je porterais une robe sur une piste de bowling ?"

"Pourquoi pas, tu attirerais l'attention de tous les garçons."

"Je n'ai pas besoin d'attirer leur attention. J'ai la tienne. N'est-ce pas ?"

Angela fit un clin d'œil à Mark.

"Fais comme chez toi. Installe-toi sur le canapé, je vais juste enfiler quelque chose. Il y a des bières et un peu de fromage dans le frigo, tu peux te servir. Comment vont les affaires ?"

" On travaille sur de supers contrats en ce moment. Les commissions vont être juteuses cette année. Je vais probablement me faire plus qu'un salaire à six chiffres. Et par 'plus que', je veux dire au moins deux-cent à trois-cent milles. Mais je n'aime pas parler affaires. On devrait plutôt parler du fait que ton cul est juste magnifique dans ce jean."

Angela entra dans le salon, portant un jean bleu délavé et un sweat violet foncé. Elle était heureuse que Mark remarque à quel point elle avait bonne allure dans des vêtements ordinaires et décontractés, en plus des vêtements chics.

"Tu trouves que mon cul rend bien ?" demanda Angela de façon rhétorique.

"Tu es la meilleure baise que j'ai jamais eu. C'est la vérité vraie. "

Angela se sourit à elle-même. Une chose de plus dont elle pouvait être fière de bien savoir faire. Elle se mit au dessus de Mark et s'assit sur ses genoux. Elle prit la télécommande et commença à changer de chaîne.

Les mains de Mark commencèrent à flâner. Elles se glissèrent sous son sweat décontracté et caressèrent ses deux seins. Ils étaient aussi lourds et bien dessinés que dans ses souvenirs. Il laissa ses mains là pendant un moment, serrant ses seins et profitant de leur tendresse.

Angela commença à frotter le pénis de Mark à travers son pantalon. Elle adorait la sensation de sa queue à travers le tissus. Alors qu'elle la frottait et la tirait, elle devint encore plus dure. Elle défit sa braguette pour libérer sa bite. Elle continua à la frotter pendant un moment. Alors que Mark était sur le point de venir, Angela se mit à genoux et mit sa tête entre les jambes de Mark pour prendre son membre en bouche sur toute la longueur . Mark attrapa l'arrière de sa tête alors qu'il explosait dans un monumental orgasme. Il y avait tellement de sperme, qu'Angela ne savait pas si elle pourrait tout avaler. Mais Elle y parvint malgré tout.

Elle se leva et s'assit à côté de Mark sur le canapé. Elle regarda Mark, qui avait l'air fatigué. Angela laissa Mark se reposer sur le canapé pendant qu'elle rangeait son appartement. Son linge devait être plié et il y avait un peu de vaisselle dans la cuisine qui devait être rangée. Cela lui prit environ vingt minutes après quoi elle revint vers Mark.

"Je vais devoir te mettre dehors, chéri," dit-elle. "C'est l'heure du bowling."

"Pas de problème. Je devais retourner chez moi pour m'occuper d'un peu de paperasse de toute façon. Les dates limite des contrats arrivent très vite. C'était bon de te voir. Tu es toujours aussi superbe que d'habitude."

Angela embrassa Mark pour lui dire au-revoir, attrapa ensuite son téléphone et appela sa maman. Elle lui dit qu'elle était en chemin et qu'elle devrait arriver au bowling à l'heure. Lorsqu'elle arriva là-bas, elle trouva Rosalie et Sam qui avaient déjà commencé à jouer et se trouvaient à la moitié de leur partie. Rosalie menait de quelques points. Lorsqu'ils aperçurent Angela , ils mirent le jeu en pause et la rejoignirent pour lui donner une accolade chaleureuse.

"Je suppose que maman et Ben ne sont pas encore arrivés?" demanda Angela.

"Non pas encore," répondit Rosalie. « Nous sommes arrivés environ une heure en avance, nous avons juste fait quelques parties. Tu sais, pour s'échauffer. J'espère que tu ne t'attends pas à nous botter le cul ! »

Angela rit.

"Si tu penses que je m'attends à ça, tu ne me connais pas très bien alors."

Sam rit très fort, tout comme Rosalie, qui tapa sa sœur sur le bras pour rire.

"Allez," s'aventura Rosalie, "On t'ajoute à la partie."

Les trois jouèrent pendant un moment, jusqu'à ce que Karen et Ben arrivent. Angela était très heureuse de rencontrer Ben, qui semblait être un bon gars. Alors que la partie continuait, Ben raconta des aventures de son passé à Angela, établissant un lien particulier avec elle. Elle conclut, tout comme Rosalie, qu'il était juste parfait pour leur mère si méritante. Angela était également aux anges de voir à quel point c'était un bon joueur de bowling. Il arriva premier de chacune des parties qu'ils jouèrent. Après la quatrième partie, tout le monde était fatigué et ils décidèrent d'en rester là. Ils allèrent au restaurant du bowling et commandèrent quelques sodas et des frites.

Anderson apparut à ce moment là, portant un ample t-shirt blanc en coton, un jean légèrement large bleu foncé, et des baskets.

4

QUATRIÈME PARTIE: CE QU'ELLE RESSENT

CHAPITRE UN:

La rencontre

Angela traversait le hall d'entrée du bâtiment de son nouveau bureau. C'était un bâtiment magnifique ; les tapis étaient tout neufs et de couleur gris foncé. L'extérieur du bâtiment était couvert de baies vitrées que les agents d'entretien s'évertuaient à garder impeccables .

Ses chaussures à talons ne faisaient aucun bruit alors qu'elle avançait nonchalamment dans le hall vers la salle de conférence rarement utilisée. Le bâtiment possédait trois salles de conférence, chacune plus grandiose et somptueusement décorée que les précédentes. Elle se rendit à la dernière salle équipée d'une table en chêne et de chaises de bureau à roulettes bleues relativement laides.

Vingt minutes avant, Anderson lui avait envoyé un message lui disant seulement " Salle de conférence C – 20 minutes. Ne sois pas en retard." Anderson était un ami très proche de Frank, son patron, et pouvait parfois bénéficier d'un accès spécial à l'immeuble du bureau d'Angela.

Elle atteignit la lourde porte en acajou et enroula ses doigts minces autour de la poignée froide. Elle s'arrêta un moment, se demandant ce qu'Anderson avait prévu et pourquoi il voulait la voir en plein milieu de leur journée de travail. Anderson et elle étaient tous les deux des personnes très occupées, et il était assez difficile pour eux de faire une coupure et de se retrouver après le travail, encore moins un jeudi à midi.

Elle inspira et poussa la porte ouverte. Anderson était assis à l'autre bout de la table. Il était habillé d'un magnifique costume bleu marine, avec une cravate grise. Angela n'était pas sûre de l'avoir déjà vu aussi beau qu'il ne l'était maintenant. Ses yeux semblaient scintiller dans la lumière qui passait à travers les fenêtres, lui donnant un air malicieux.

"Salut, Angela." dit Anderson. Sa voix avait un ton qu'Angela ne l'avait encore jamais entendu utiliser avec elle. Il était rauque et sexy, dominant et assujettissant.

"Salut, Anderson." répondit Angela, essayant de contraster son ton si sérieux avec un ton léger et taquin.

"Assieds-toi." dit-il. Angela savait qu'il s'agissait d'un ordre, et non pas d'une question. Elle fit comme il le demandait, et choisit un siège en face de lui. La chaise était bancale et bougeait sous son poids. Cela la rendait légèrement nerveuse d'être assise en face d'Anderson sur une chaise sur laquelle elle n'était pas vraiment en confiance. Elle s'imaginait lui parler pendant un moment, et avant de s'étaler par terre d'une façon peu flatteuse.

"Tu sais pourquoi je t'ai demandé de venir ici ?"

"Non, pas vraiment."

"J'aimerais te poser une question très sérieuse. Ce n'est pas à prendre à la légère, Angela."

"D'accord, qu'est-ce que c'est ?" demanda Angela. Son cœur se serra mais il semblait s'illuminer en même temps. La question pouvait être bonne, ou très mauvaise. Anderson ne laissait rien paraître sur son visage. Il était stoïque et fixait Angela „ lui laissant croire qu'il s'agissait en effet d'une question sérieuse.

"Tu aimerais aller dîner demain soir ?" dit Anderson. Son visage se fendant immédiatement d'un large sourire, satisfait d'avoir réussi à berner Angela.

"Petit con! Tu m'as fait peur. Bien-sûr que je veux aller dîner avec toi. J'aurais bien envie de homard." dit Angela. Ses mots sévères étaient atténués par les gloussements émanant de sa gorge. Elle adorait le sens de l'humour d'Anderson. Bien qu'il fût multimilliardaire, il ne laissait pas sa situation l'atteindre ; il agissait comme n'importe quel homme le ferait.

"Je pourrais manger un peu de homard. Ça m'a l'air d'être une bonne idée. Je te ferai savoir où nous irons plus tard. Pat et moi viendrons te chercher à 20 heures. Sois prête, Angela. Je n'aime pas attendre." dit Anderson. Les deux dernières phrases étaient agrémentées du même ton dominant que juste avant.

Elle ne pouvait nier que l'attitude dominatrice d'Anderson lui faisait mouiller sa culotte de son jus délicieux. Elle avait toujours eu un truc pour la soumission à un mâle viril et Anderson correspondait parfaitement à cette description.

"Oui, monsieur!" dit Angela sur un ton blagueur.

Les yeux d'Anderson s'écarquillèrent en entendant ses mots. Il laissa échapper un soupir qui laissait supposer son fort désir envers Angela.

" *On dirait qu'il aime ça.* " se dit Angela à elle-même. Elle devait s'en rappeler.

Sans prévenir, Anderson se leva de sa chaise, l'envoyant balader jusqu'au mur derrière lui. Un bruit fort se fit entendre à travers la pièce et possiblement tout l'étage.

Il fit le tour de la table jusqu'à Angela. Il marchait avec un but précis en tête, ses pas lents et puissants la rapprochant doucement d'elle. Lorsqu'il fut assez près pour qu'Angela puisse voir le détail des boutons de son costume, il s'arrêta brusquement.

"Mets-toi à genoux." dit-il. Comme avant, il s'agissait d'un ordre; et non pas d'une question.

Angela obéit et s'agenouilla, rassurée de savoir les murs épais, à l'exception des fenêtres du mur du fond. Elle entendit sa fermeture éclair descendre, signe qu'Anderson avait perdu sa lutte contre sa propre excitation.

Il se rapprocha, tenant sa queue élancée dans sa main. Il entrelaça sa main dans la longue chevelure raide et foncée d'Angela, rapprochant sa tête de son membre viril. Elle enveloppa son membre de ses douces lèvres voluptueuses et le suça avec douceur. Mais cela n'était apparemment pas suffisant pour Anderson. Il lui intima de ne plus bouger et balança ses hanches d'un léger mouvement rythmique alors qu'il baisait son visage.

Angela adorait sucer la bite d'Anderson. Elle savait qu'elle commençait à devenir sa petite pute, et elle adorait ça. Il avait éveillé en elle une sexualité cachée qu'elle ne soupçonnait pas avoir. C'était comme s'il avait atteint son âme et réveillé la femme libérée en sommeil jusqu'alors.

La longue bite raide d'Anderson frappa l'arrière de sa gorge, lui donnant un léger haut le cœur. Pas au point de vouloir vomir ; c'était juste une sensation gênante. Anderson retira son membre raide de sa bouche, et gifla doucement sa joue avec son outil.

"C'est ma brave fille." roucoula-t-il.

Sans lui donner la chance de répondre, il la fit taire avec sa queue une fois de plus. Angela laissa sa langue effleurer le dessous de sa bite alors qu'il la poussait à l'intérieur de sa bouche et la retirait ensuite, seulement pour la percuter à l'intérieur encore.

Angela sentit la chaude giclée de son jus laiteux jaillir à l'intérieur de sa bouche sans prévenir. C'était épais et chaud avec un léger goût salé qui se déposait sur sa langue. Elle tournait sa langue autour, savourant le goût et la texture avant de tout avaler. Elle regarda Anderson et sourit.

"Brave fille. Retourne au travail, ma petite salope." dit Anderson tout en caressant doucement sa joue de sa main.

Angela se releva et sentit son sang traverser ses jambes. Elle regarda ses genoux et vit l'empreinte du tapis aussi vive que le rouge d'un rouge-à-lèvres. Elle savait que tout le monde au bureau saurait exactement ce qu'elle avait fait en salle de conférence, et ce simple fait l'excitait encore un peu plus. Elle embrassa les lèvres d'Anderson et sortit sans dire un mot. La lourde porte se referma en lâchant un bruit sourd.

Elle retourna jusqu'au couloir, laissant ses hanches se balancer à chaque pas. La courte jupe aguicheuse de son tailleur bleu roi faisait un léger bruissement contre ses cuisses. Le tissu soyeux qui frottait sa douce peau était une sensation merveilleuse. Elle remarqua les regards curieux de ses collègues, mais cela lui était égal. Anderson lui plaisait vraiment, et elle était fière d'être celle qui lui faisait une fellation en milieu de journée. Elle sourit en se souvenant du goût de son sperme dans sa gorge.

~

Chapitre Deux
Le jeu

LE VIBROMASSEUR BOURDONNAIT dans sa chatte. Il y avait deux parties : une dans sa chatte étroite et l'autre fermement placée contre son clitoris. A chaque vibration, des vagues de plaisir traversaient son corps.

"Quel côté, Angela?" demanda Anderson.

"A droite, va à droite !" s'exclama-t-elle.

C'était un jeu auquel ils jouaient à l'arrière de la toute nouvelle Rolls Royce d'Anderson. Chaque fois qu'ils arrivaient à une intersection, Angela devait deviner quel chemin ils devaient prendre afin d'arriver au restaurant. Ce n'était un pas un jeu des plus justes, selon Angela, puisqu'Anderson ne lui avait pas dit où ils se rendaient. Lorsqu'elle devinait correctement, il la récompensait d'une forte pulsation du vibromasseur qu'il contrôlait depuis son téléphone. Si elle se trompait, il remplaçait la sensation par un faible bourdonnement. S'il lui arrivait de manquer deux tours d'un coup, Anderson éteignait complètement l'appareil, la laissant supplier pour d'avantage.

Anderson tira Angela sur ses genoux de ses bras forts. Angela pouvait sentir les ondulations des muscles de ses bras et abdomen alors qu'elle s'asseyait sur lui. Bien sûr, il avait déjà sorti son épaisse queue des confins de son pantalon. Angela pouvait sentir le liquide chaud de son sperme contre sa peau. Elle était déjà toute mouillée, et sa chatte suppliait de recevoir Anderson à l'intérieur d'elle.

"Angela, nous allons ajouter quelque chose à notre petit jeu. Je vais mettre ma queue dans ton cul. Tu dois me faire éjaculer au moment où nous arrivons au restaurant. Si tu n'y arrives pas, je continuerai à te taquiner toute la soirée, mais je ne te laisserai pas jouir. Je t'amènerai juste à la limite de l'extase, ma chère, juste pour l'arracher de ta portée."

Angela ne répondit que d'un gémissement surpris lorsqu'elle sentit le bout de la bite d'Anderson glisser à l'intérieur de son cul. Il ne perdit pas un instant à la préparer, poussant vigoureusement sa queue à l'intérieur d'elle. Les talons hauts d'Angela s'enfoncèrent dans le tapis noir alors qu'elle s'empalait elle-même sur le corps d'Anderson, essayant de le faire jouir avant qu'ils n'arrivent. Elle voulait sentir la délicieuse décharge de son orgasme, pour être emportée par une vague de bonheur.

"Quel chemin?!" lança Anderson.

"Tout droit." gémit Angela. La sensation du vibromasseur mélangée avec celle de sa queue étirant ses parois à chaque poussée s'était fermement infiltrée dans son esprit et prit temporairement le contrôle de ses fonctions cognitives.

Elle sentit le vibromasseur ralentir jusqu'à atteindre un faible bourdonnement alors que la voiture tournait à gauche. Elle espérait pouvoir activer le vibromasseur de nouveau au maximum de sa puissance, mais cela dépendait d'Anderson ; elle était à sa merci ; et complètement sous ses ordres. Le vibromasseur vibra doucement contre son clitoris, juste assez pour la chauffer mais pas assez pour lui donner l'intense plaisir dont elle avait follement envie.

Elle se poussa plus fort et plus durement sur la bite d'Anderson. Cela était légèrement douloureux, ce qui lui faisait d'autant plus apprécier le moment. Anderson gémissait à chaque poussée dans le cul parfait d'Angela, mais il ne semblait pas être proche de l'orgasme. Elle contracta ses muscles autour de sa queue, essayant de traire son jus. Elle le baisa comme si c'était le secret de la vie éternelle. Dans cette situation, c'était la clé pour qu'elle obtienne l'orgasme qu'elle désirait désespérément. Il se passait à peu près la même chose, dans son esprit.

Anderson repoussa ses cheveux. Il embrassa son cou doucement, les mains sur les cuisses d'Angela pour arrêter ses poussées rythmiques.

"Désolé, chérie. Tu as échoué. Il semblerait que l'orgasme n'est pas au menu pour toi ce soir. On pourra peut-être réessayer sur le chemin du retour, si je suis d'humeur généreuse. Nous verrons si tu mérites vraiment un orgasme."

Le cœur d'Angela sombra. Elle sentit qu'elle avait besoin de jouir. Son clitoris vibrait et sa chatte se languissait de recevoir sa queue palpitante. Elle voulait sentir la nervure sous le bout de son membre glisser à l'intérieur d'elle.

Elle souleva son cul des genoux d'Anderson et ajusta sa culotte. Elle s'apprêtait à retirer l'appareil vibrant, mais Anderson exigea qu'elle le garde à l'intérieur d'elle. Il l'alluma une fois de plus au maximum, faisant gémir Angela de façon accidentelle.

Pat fit le tour et ouvrit sa porte. Elle implora Anderson du regard.

"Sors de la voiture, Angela." dit-il sévèrement.

Elle obéit et se tint debout sur ses jambes chancelantes ;qui rappelaient plus un bébé faon qu'une femme adulte. Elle avança lentement vers le restaurant, sentant encore la vibration contre son clitoris à chaque pas. Elle essayait de marcher normalement et de ne pas laisser transparaître son sale petit secret. Il était difficile de ne pas gémir. Elle appréciait les vibrations à l'intérieur d'elle, les regards de tous les convives, et du magnifique homme qui lui tenait la main et souriait follement derrière elle. Ils marchaient bras dessus bras dessous sous la marquise de la luxueuse Steak House.

❧

Chapitre Trois
Dîners et Moqueries

ANGELA EUT du mal à s'asseoir sur le fauteuil douillet du restaurant, le vibromasseur lui compliquant la tâche. La combinaison de ses mouvements, de la position assise et du vibromasseur qui vibrait à pleine force contre son clitoris lui compliquait la tâche en lui donnant envie de gémir de plaisir.

Pendant qu'Angela se battait pour se contenir, Anderson s'assit simplement de l'autre côté de la table avec un sourire satisfait étendu sur son magnifique visage. Il était évident pour Angela qu'il appréciait de la regarder se démener pour se contenir. Il retirait un plaisir caché du fait qu'ils étaient les seuls à savoir ce qui se passait.

Angela devait reconnaître qu'il s'agissait d'une situation vraiment érotique. Le vibromasseur vibrait contre son clitoris, la secouant de frissons. Elle devait parler au serveur sans émettre aucun gémissement, afin de ne pas trahir leur secret. Avec Anderson assis de l'autre côté de la table et son cul encore douloureux après le jeu qui avait eu lieu dans la Rolls Royce , le fait qu'Angela puisse parler était déjà un miracle.

L'excitation s'emparait littéralement de son corps. Chaque sensation, chaque orifice, chaque pore de son corps suppliait d'être soulagé par la douce vague d'un orgasme. Cette décision dépendait d'Anderson, cependant. Elle ne pouvait rien faire pour le convaincre de la laisser jouir, à moins qu'elle ne gagne le jeu qui devait avoir lieu sur le chemin jusqu'à son appartement.

Anderson était devenu plus dominant dans leur relation, et Angela en appréciait chaque moment. Elle avait toujours été assez fétichiste quant au fait d'être soumise à un homme, mais n'avait jamais exprimé à personne ce désir ardent avant aujourd'hui. Elle avait toujours gardé cela enfoui à l'intérieur d'elle comme si c'était l'un de ses organes vitaux – en sécurité et protégé des yeux du monde entier.

Avec Anderson, cependant, elle avait l'impression de pouvoir laisser libre cours à ses désirs. C'était comme si elle n'avait rien besoin de dire, il savait exactement ce dont elle avait besoin. Il avait un certain pouvoir sur elle, et on aurait dit qu'elle commençait aussi à en avoir sur lui.

"Hé!" s'exclama Angela alors que la vibration sur son clitoris ralentissait vers un bourdonnement moyen.

"Tu ne me prêtais pas assez attention. C'est tout ce que tu mérites." dit Anderson. Ses yeux semblaient avoir été forgés en acier, et pourtant d'une certaine façon ils demeuraient doux.

"Je suis désolée. C'est juste que je réfléchissais."

"À propos de quoi? demanda-t-il.

"Maxine." Elle mentit.

Anderson fit un signe de la tête. Elle pouvait dire qu'il savait qu'elle était en train de mentir à la façon dont le coin de sa bouche s'était levé alors que sa tête suivait le geste du hochement. Elle détestait lui mentir, mais ce n'était ni le moment ni l'endroit pour parler de ses désirs.

Le serveur arriva à leur table pour recevoir leurs commandes de boissons. Angela n'était jamais allée dans un restaurant où l'équipe de service portait des costumes noirs sur chemise blanche. Anderson commanda une bouteille de vin qu'Angela ne connaissait pas.

La lumière de la bougie située au centre de la table vacillait dans les yeux d'Anderson, les faisant briller. À chaque éclair de lumière, Angela pouvait voir la lueur taquine dans ses yeux. Angela pouvait deviner qu'il se passait quelque chose dans la tête d'Anderson. Il pensait à quelque chose, mais son expression ne donnait aucune indication sur ce qu'il préparait . Il affichait une expression décontractée et agréable. Ses lèvres étaient retroussées en un sourire qu'il semblait essayer de dissimuler, et ses yeux étaient ridés aux coins.

La vibration à l'intérieur de sa chatte mouillée monta en flèche d'un bourdonnement faible et doux à une forte vibration qui contractait ses muscles . Angela ne put retenir le silencieux gémissement qui s'échappa de ses lèvres.

Le serveur revint à leur table avec leur bouteille de vin. La bouteille semblait noire sous la lumière tamisée du restaurant. La noirceur de la bouteille était divisée à la moitié par un logo vert foncé, mis en valeur par des mots cursifs écrits dans une police incrustée or. Les mots scintillaient dans les reflets de la lumière de la bougie.

Le serveur plaça la bouteille de vin dans un seau en métal rempli de glaçons et la fit rouler en avant et en arrière entre ses paumes, faisant sonner la glace contre la bouteille et le seau en métal. Le serveur se tint à leur table un moment, Anderson jouant avec sa télécommande tout du long. Il l'avait configurée c sur une sorte de schéma d'ondes. L'intensité augmentait doucement jusqu'à ce qu'elle atteigne sa force maximale. L'intensité restait alors la même pendant quelques instants avant de diminuer, la laissant croire que la sensation ne quitterait pas son clitoris.

Après que le serveur ait quitté leur table, Anderson saisit la bouteille et la sortit du seau. La glace tombait en cascade sur la surface en verre de la bouteille et faisait un son de grelot alors qu'il la replaçait là où elle se trouvait quelques secondes auparavant.

Il leva la bouteille et se remplit un verre. Il demanda à Angela de lever le sien afin qu'il puisse le remplir de ce doux vin . Elle était incapable de tenir son verre sans trembler à cause de la vibration qui traversait son corps. Sa main trembla de façon incontrôlable. L'impact de son verre contre la bouteille émit un son très fort . Anderson esquissa un sourire espiègle, sachant exactement l'effet qu'il avait sur Angela.

∿

Chapitre Quatre
Rédemption

DÈS QUE PAT ferma la porte de la Rolls Royce, Angela leva sa jupe et baissa sa culotte en soie. Elle pouvait voir qu'Anderson n'avait rien perdu de son érection depuis leur virée en voiture plus tôt. Cela venait sans doute du fait qu'il avait pris le contrôle aussi bien de son corps mais aussi de son esprit, ou il anticipait simplement le chemin du retour à la maison. Angela n'était pas sûre de ce à quoi c'était dû, mais elle s'en fichait.. Elle rêvait de recevoir sa bite à la seconde même où ils étaient entrés dans la voiture.

Une fois sa culotte par terre, elle se concentra sur Anderson. Elle défaisait lentement les attaches de son pantalon. Le tissu lui semblait doux et onéreux au toucher, ses paumes posées sur le tissu en soie. Elle passa les doigts sous sa ceinture jusqu'à ce qu'elle lui enlève et que le pantalon d'Anderson fut par terre.

Sa bouche s'enroula immédiatement autour du bout de son épaisse queue. Elle avala sa queue jusqu'à ce que son nez touche la peau recouvrant sa zone pubienne. Elle le suça avec vigueur ; comme si elle essayait de traire sa queue avec sa bouche. Elle lui imposait un rythme rapide et décontracté . Elle se concentrait sur le bout et la base de sa queue en tour à tour. Elle suçait d'abord le bout de sa bite jusqu'à que ce que ses lèvres, enroulées autour de son manche, lui fassent pousser un fort gémissement. Elle appuyait ensuite sa tête plus bas contre la base de sa queue, prenant sa bite entière dans sa bouche jusqu'à ce que le bout touche l'arrière de sa gorge.

Anderson enfonça ses doigts à l'intérieur de la sombre chevelure d'Angela. Elle sentait sa poigne serrée tirer ses cheveux, et était comme électrisée par la légère sensation de douleur qui traversait ses nerfs. La douleur ne faisait que l'exciter un peu plus. Anderson poussa sa tête vers le bas et la tira ensuite en arrière afin que ses lèvres soient de nouveau contre le bout de sa queue.

Sans prévenir, Angela se releva. Ses genoux rencontrèrent le cuir du siège alors qu'elle se mettait à califourchon sur les genoux d'Anderson. Elle mit ses bras autour de son cou avant de l'embrasser passionnément alors qu'elle taquinait sa bite avec sa chatte. Ses doigts parcouraient les muscles de sa poitrine et de ses abdos. Lorsque sa main sentit le gonflement de sa queue, elle entoura ses doigts autour de son engin en frottant son gland contre son clitoris mouillé.

Anderson la fixait avec d'un regard implorant. C'était comme si les rôles s'étaient inversés. Il était celui qui se retrouvait à supplier pour avoir un orgasme. Lorsqu'Angela décida qu'ils s'étaient assez taquinés, elle s'empala doucement sur sa bite. Leurs gémissements résonnèrent à l'unisson. Anderson alluma le vibromasseur sur une vitesse moyenne et le garda à l'intérieur d'elle

Angela se tenait aux épaules d'Anderson en faisant un mouvement de va et vient sur l'érection raide d'Anderson. Elle le sentait étirer les parois de sa chatte et frapper le col de son utérus à chaque fois. Elle contractait ses muscles pelviens et entendit un grave gémissement s'échapper de ses lèvres. Elle l'embrassa en plein milieu de son gémissement, le rendant ainsi silencieux.

Elle appréciait avoir le contrôle tant qu'elle avait le pouvoir, mais ce fut de courte durée. Anderson reprit le contrôle de son corps en la soulevant et la posant sur le siège à côté de lui.

"Allonge-toi" commanda-t-il.

Angela fit comme il dit. Elle se coucha contre le siège en cuir froid et écarta ses jambes bien ouvertes avec le vibromasseur qui vibrait dans sa chatte et enveloppait son clitoris toujours fermement en place. Anderson ne perdit pas une seconde à s'introduire dans son orifice trempé.

" Tu as été une très bonne fille durant le dîner, je vais donc changer les règles un petit peu. Je vais te laisser jouir. "

Il commença donc à baiser Angela comme elle n'avait jamais été baisée auparavant. Il semblait qu'une profonde colère le consommait de l'intérieur, une colère qui ne serait rassasiée qu'au moment où il déchargerait sa semence à l'intérieur d'elle. Ses mains étaient chaudes au contact de sa peau alors qu'il portait ses cuisses jusqu'à sa poitrine, l'ouvrant encore un peu plus.

Angela commença à ressentir l'impression familière d'un orgasme grandissant à l'intérieur d'elle. Cela faisait comme une chaude vague qui commençait dans ses orteils et volait à travers chacun de ses nerfs, enflammant ses sinus au passage. Elle sentait qu'elle ne pourrait pas retenir l'orgasme qui avait grandi dans son corps depuis des heures. Elle rêvait de sentir cet orgasme prendre le contrôle de son esprit et son corps, de se sentir comme si elle flottait sur un nuage de béatitude pendant quelques instants.

Le fait d'envoyer Angela au septième siècle permit à Anderson d'atteindre l'orgasme lui aussi. Angela sentait son liquide chaud remplir son orifice. Les yeux d'Anderson roulèrent , laissant penser qu'il ressentait la même sensation que celle qu'Angela avait ressentie auparavant. Elle pouvait sentir ses cuisses trembler contre les siennes.

Anderson se pencha en avant et embrassa Angela doucement. Il rit et l'embrassa encore. Elle sentit sa main voyager sur son corps, chatouillant sa peau . Anderson passa ses doigts à travers la chevelure soyeuse d'Angela. Les yeux d'Angela se fermèrent, profitant de cette douce sensation. Elle ne s'était jamais sentie plus heureuse et satisfaite qu'à ce moment. Même avec Mark, ce n'était jamais aussi parfait. Elle ne pouvait déterminer ce qui lui manquait, mais il était indéniable que c'était différent.

Avec Anderson, elle n'avait jamais eu l'impression que quelque chose manquait. Ils s'éclataient au lit,il la traitait comme une dame en public et comme sa salope personnelle sous les draps. Il était très gentil et généreux avec elle. Il la traitait comme si elle était la seule femme qui existait à ses yeux, et encore plus dans la chambre.

~

Chapitre Cinq
Discussion de filles

ANGELA S'ASSIT sur le canapé. Le tissu avait une sensation agréable sur ses jambes dénudées.. Maxine tendit la main pour offrir le bol de pop-corn à Angela. Elle se laissa tenter et prit une grande poignée de douces graines de maïs couvertes de beurre. Alors qu'elle les mangeait, ils fondaient sur sa langue, y laissant un goût salé.

Elles regardaient à la télévision un film qui parlait d'une femme enfermée dans un asile contre sa volonté. C'était sur l'une de ses chaînes de divertissement pour femmes. Mais les filles ne prêtaient qu'à moitié attention à ce mélodrame. Elles discutaient de la relation d'Angela avec Anderson, ainsi que Mark.

"Je ne sais pas, Maxine. Ce sont vraiment des hommes géniaux. "

"Sauf que l'un d'eux est ton ex. Les ex sont des ex pour une raison, Angela."

"Je sais, mais il a l'air différent. »

"Tu penses qu'il a vraiment changé, ou tu le vois juste différemment ?"

Angela n'avait pas de réponse à lui donner. Elle était assommée par la vérité que son amie lui avait révélée. C'était comme si Maxine avait buté sur l'une des parties du cerveau d'Angela dont elle ne connaissait même pas l'existence. Ses mots lui allaient droit au cœur.

"J'aurai aimé avoir une réponse, Maxine. Vraiment."

" Mais je pense que tu en as une. Je pense que tu ne veux pas te l'admettre à toi-même, c'est tout. Je crois que tu sais que tu dois arrêter de voir Mark. Tu es bien avec Anderson. Pourquoi ne pas jeter le vieux et apprécier le neuf ? Je sais que c'est ce qui te retient à t'engager pleinement avec lui."

"Je ne sais pas, Maxine. J'aime vraiment Anderson, mais j'ai la sensation qu'il pourrait encore y avoir quelque chose avec Mark."

"C'est ton choix ; je ne peux pas le faire pour toi," dit Maxine tranquillement. "Passe le pop-corn, s'il te plaît."

Angela rapprocha le bol de Maxine. Elle devait admettre qu'elle s'agrippait au bol de pop-corn comme si elle faisait des réserves, telle un écureuil. Maxine était sa meilleure amie, et elle savait qu'elle s'inquiétait juste pour elle. Néanmoins, elle ne pouvait s'empêcher d'avoir l'impression qu'elle essayait de forcer Angela à prendre une décision qu'elle n'était pas sûre de vouloir prendre.

Elle ne pouvait nier qu'il y avait au moins une part de vérité dans ce que Maxine avait dit. Il était bien possible que Mark l'empêche d'avancer dans son engagement avec Anderson. Elle ne se retenait pas sexuellement, mais elle devait reconnaître qu'elle se retenait émotionnellement. Elle voulait avoir Anderson par tous les moyens, et elle était pratiquement certaine qu'il ressentait exactement la même chose.

Angela avait plus confiance en Maxine qu'en elle-même parfois, mais il était difficile de lui faire confiance sur le fait de laisser tomber

Mark ou pas. Mark avait été un petit-ami correct, même s'il n'avait définitivement pas été le meilleur. Bien sûr, elle éprouvait quelque chose de fort pour Anderson, mais elle avait également encore des sentiments pour Mark.

Il était évident pour elle qu'elle devrait bientôt choisir entre les deux. Ce n'était pas juste de les garder dans l'incertitude comme en ce moment. Mark était toujours présent dans son cœur, et Anderson forgeait rapidement son chemin dans son cœur et son esprit.

"Comment te sens-tu?" demanda Angela à Maxine.

"Je me sens vraiment beaucoup mieux, et les docteurs disent que je n'ai rien à craindre et que je suis sur la bonne voie pour un rétablissement complet et total."

"C'est bien! Je suis contente de l' entendre."

"Moi aussi je suis contente, mais j'ai la sale impression qu'ils me mentent ou qu'ils sont faux."

"Pourquoi?"

"Je suis pas sûre, Angela. Je me sens encore comme quand j'étais malade et que j'hibernais, comme si c'était pas vraiment fini."

"Je suis sûre que tu iras mieux."

"J'espère aussi, Angela. J'espère vraiment." dit Maxine, les larmes aux yeux.

Le cœur d'Angela se serra. Elle pouvait d deviner à quel point Maxine s'inquiétait d'un possible retour de sa maladie. Son inquiétude fit réfléchir Angela. Elle se demandait ce qu'il se passerait si Maxine tombait de nouveau malade. Elle n'était pas sûre de pouvoir vraiment gérer ça à nouveau. Elle avait été si inquiète à propos de son amie quand elle était malade qu'elle savait que ce serait bien pire si elle retombait malade. Elle essaya de se débarrasser de son sentiment d'inquiétude pour apprécier le moment qu'elle partageait avec Maxine. Ce n'était pas souvent qu'elles pouvaient se faire une nuit entre filles à regarder la télévision en se gavant de cochonneries. Elles étaient toutes les deux des femmes très occupées, et il pouvait être difficile de trouver du temps à s'accorder l'une et l'autre. Angela se fit à cet instant la promesse de décider quel homme elle garderait dans sa vie, et de passer au passage plus de temps avec Maxine.

"Bon, il faut que j'y aille." dit Maxine.

"Oh, si tôt? Allez, reste un peu plus longtemps."

"Je ne peux vraiment pas! Je dois rentrer à la maison pour préparer le dîner."

"Ah très bien. Laisse-moi donc mariner dans ma misère."

"Quelle misère? Tu m'as l'air plutôt heureuse. "

"Je suis misérable parce que je veux de la nourriture chinoise pour le dîner, mais je n'aime aucun des endroits qui livrent. Sortir de mon appartement est complètement hors de question. Les canapés m'ont accepté comme l'une des leurs et je ne peux trahir cette confiance maintenant."

Maxine jeta un oreiller sur Angela. Elles se levèrent toutes les deux du canapé et marchèrent jusqu'à la porte. Elles partagèrent une étreinte qui représentait bien plus qu'une simple accolade. Il semblait que les deux filles se tenaient l'une et l'autre comme si c'était la dernière chose les gardant les deux en vie. Angela embrassa son amie sur la joue et lui dit qu'elle l'aimait. Maxine s'éloigna en serrant doucement la main d'Angela, avant de passer la porte ouverte.

~

Chapitre Six
Des Projets

ANGELA ENTENDIT la musique entraînante de sa sonnerie retentir dans le tiroir de son bureau. Elle ouvrit le tiroir et s'empara de son téléphone. Elle sourit lorsqu'elle vit que c'était Anderson qui l'appelait.

"Salut?"

"Salut, beauté. Qu'est-ce que tu fais ?"

"Je suis juste en train de travailler. Qu'est-ce que tu fais toi, le tour du monde ? "

"Non, non, non," Anderson rit, "Je suis certainement pas en train de faire le tour du monde. Je suis assis à mon bureau enfoui sous un tas de paperasse et je pense à cette magnifique femme, belle et sexy que je vois en ce moment."

" Qui est-ce que ça pourrait bien être ? Il va falloir que je m'occupe d'elle." dit Angela. Elle était faussement modeste; elle savait qu'Anderson parlait d'elle.

"Waouh, tout doux le tigre. C'est toi." Anderson rit. "C'est pour ça que j'appelais d'ailleurs : tu fais quoi demain?"

"Je travaille, c'est tout ."

"Plus maintenant. J'ai déjà parlé avec Frank pour qu'il te donne un congé payé demain. Tu l'impressionnes vraiment, Angela."

"Il me donne du temps libre? Pourquoi ?"

"Parce que j'ai demandé."

"Bon, et on ferait quoi ?"

"J'espérais que nous pourrions avoir un vrai rendez-vous cette fois, sans sexe. Je passerai te prendre à 9 heures du matin, et le reste de la journée sera une surprise complète."

" Pourquoi pas. Je ne suis pas sûre que je puisse ne pas te toucher par contre."

"Nous pouvons toujours passer à l'acte à la fin du rendez-vous."

"C'est vrai. Oh Anderson, je dois y aller. Mon téléphone du travail sonne et je dois vraiment y répondre."

"C'est pour ça que Frank t'aime! Je comprends, poupée. Je te verrai demain."

Anderson raccrocha , et Angela répondit. C'était un appel professionnel ennuyant. Un client voulait lui demander s'ils avaient reçu le fax d'un document sans importance dont ils n'avaient pas vraiment besoin.

Au moment où elle raccrochait le téléphone, son esprit commença immédiatement à s'agiter et à disséquer la conversation qu'elle avait eu avec Anderson en morceaux. Elle était sûre qu'Anderson avait quelque chose en tête, et que ce serait quelque chose de mémorable. Il avait dit qu'il voulait avoir un rendez-vous qui ne finirait pas en partie de jambes en l'air.

Elle voulait vraiment apprendre à mieux connaître Anderson , et elle supposait qu'il souhaitait la même chose. Elle avait plus appris à connaître le corps d'Anderson que son esprit, et elle voulait vraiment en savoir plus. Peu importe ce qu'Anderson préparait pour elle, elle savait qu'elle apprécierait. C'était un milliardaire, après tout.

Le reste de la journée semblait s'éterniser ; son esprit était consumé par Anderson et ses plans pour le jour suivant. Chaque fois qu'elle faxait un document ou répondait au téléphone, elle ne le faisait qu'avec la moitié de sa tête. Bien sûr, elle avait dû faire quelques erreurs, mais rien qui aurait pu être remarqué. Elle corrigea ses erreurs rapidement. Elle passa le reste de la journée à se demander ce que le jour suivant lui apporterait.

Elle les imaginait allant dans une autre ville que celle où ils vivaient. Elle pouvait presque sentir l'air salé qui soufflerait contre sa peau et à travers ses cheveux. Il iraient au restaurant et un homme bedonnant chanterait une douce et adorable musique en italien.

Bien sûr, c'était seulement un rêve. Elle savait que ce qu'Anderson avait prévu ne serait probablement pas aussi luxueux que dans son imagination, bien que ce ne serait sans doute pas très différent. Elle savait que le jour suivant serait superbe.

Plus tard dans la soirée, Angela se mit au lit. Le matelas en mousse épousait son corps et lui donnant l'impression d'être bercée. Son drap bleu foncé en satin était somptueux sur sa peau bronzée. Son coussin était lui aussi très confortable. Elle n'était pas sûre de s'être déjà sentie aussi bien de toute sa vie. Alors qu'elle se blottissait à l'intérieur de ses draps et couvertures, elle pensait à la seule chose qui pouvait la rendre plus confortable.

Elle voulait Anderson à côté d'elle dans son lit. Elle voulait sentir ses bras forts envelopper fermement sa poitrine. Elle ne le désirait pas nécessairement de façon sexuelle (non pas que cela l'aurait dérangée), mais elle aurait aimé le sentir à ses côtés. Elle désirait Anderson de toutes les manières possibles. Elle avait envie qu'il prenne le contrôle de son corps et de son esprit ; elle voulait qu'il la dépouille de tout et la laisse sans voix.

Elle se demandait si Anderson pensait à elle, lui aussi. Elle espérait vraiment qu'ils pourraient se voir plus souvent l'un et l'autre, mais elle savait que cela n'était pas possible pour eux pour le moment. Anderson avait une vie bien remplie avec son entreprise, et les choses commençaient à s'accélérer pour Angela.

Elle aurait d'ailleurs moins de temps désormais, maintenant que Maxine se sentait mal à nouveau. La manière dont Maxine lui avait parlé l'autre jour l'avait vraiment inquiétée. Elle espérait que rien de mal ne lui arriverait, mais Angela ne pouvait s'empêcher de s'inquiéter de ce qui arriverait si elle avait raison.

Angela réajusta sa tête contre son oreiller. Elle trouva l'angle parfait, dans l' alignement de son corps. Tout son stress et ses inquiétudes disparurent . Elle était insouciante et complètement heureuse.

La dernière pensée qu'Angela eut alors qu'elle était en train de s'endormir était l'image d'Anderson tenant un bouquet de fleurs. Elle tomba dans un profond et reposant sommeil, sans plus se soucier de rien.

~

Chapitre Sept
Destination : Inconnue

LE MATIN SUIVANT, Angela se réveilla avant le lever du soleil. Elle ramena les couvertures à elle essayant de profiter de quelques instants de sommeil en plus. Son esprit, cependant, tournait déjà à plein régime, pensant à ce que la journée lui réservait . Elle savait que la journée serait merveilleuse, mais elle était vraiment excitée à l'idée de passer un moment seule avec Anderson, loin de l'agitation et du tumulte de la ville.

Elle essaya de se rendormir pendant près d'une heure, avant d'abandonner. Elle sortit de son cocon de couvertures et draps en soie et fut immédiatement agressée par l'air froid du matin sur sa peau. Elle frotta ses yeux endormis et et s'étira.

Après sa douche, Angela alla jusqu'à son placard. Elle inspectait ses étagères de vêtements qui étaient chers selon ses propres critères bien que loin d'être à la hauteur de la classe d' Anderson. Elle savait qu'Anderson ne prêtait pas tellement attention à ce qu'elle portait, mais elle voulait être élégante quoi qu'il en soit.

Elle choisit un short en jean avec un triangle de dentelle blanche découpé qui partait de ses mi-cuisses. Elle s'était toujours sentie mignonne et d'humeur dragueuse dans ce short. Elle n'essayait pas d'être excessivement sexy dans sa tenue ; elle voulait vraiment que cette journée soit mémorable pour Anderson et qu'ils parviennent à construire des souvenirs ensemble dans le futur.

Elle glissa les pieds dans ses sandales à lanières en faux cuir ornées de perles cousues des sangles entourant ses chevilles et le bas du pied, jusqu'à la lanière en faux cuir passant entre ses orteils. Elle s'était bien sûr fait faire une une pédicure quelques jours auparavant pour que ses pieds soient lisses et doux, et ses orteils étaient vernis d'un bleu brillant.

Elle traversa le couloir de son appartement, le bruit de ses pas étouffé par le doux et luxueux tapis recouvrant le parquet jusqu'à que son pied ne trouve le carrelage beige de la cuisine. Elle marcha jusqu'au garde-manger et sortit une miche de pain. Elle mit un morceau de pain à l'intérieur de chaque fente de son grille-pain avant d'actionner la manette.

Alors qu'elle attendait que son petit déjeuner cuise, elle se glissa sur le plan de travail. Elle balançait ses jambes fraîchement épilées qui étaient bronzées comme si elle avait passé ses journées sur une île, contrastant légèrement avec les armoires en dessous d'elle. Elle ne pouvait s'empêcher de penser à Mark et Anderson.

Mark ne lui avait envoyé qu'un seul message au cours de la semaine dernière, alors qu'Anderson l'avait appelée plusieurs fois chaque jour, l'avait emmenée dîner, et l'emmenait maintenant dans un endroit mystérieux. Elle avait toujours des sentiments pour Mark, elle devait l'admettre, mais elle commençait à comprendre qu'Anderson s'emparait peu à peu de son cœur, de son esprit, et de son temps. Ce qui lui faisait le plus peur, c'est que cette situation la rendait heureuse.

Le son du pain toasté sortant du grille-pain la prit par surprise et la fit légèrement sursauter. Elle descendit du comptoir où elle s'était assise, et alla jusqu'au grille-pain. Le pain toasté était très chaud contre ses doigts fins et fraîchement manucurés alors qu'elle le posait sur le comptoir. Elle ouvrit le réfrigérateur pour en sortir le beurre et la confiture.

Pendant qu'elle mangeait son petit-déjeuner, elle commençait à de plus en plus la journée à venir, plus encore qu'elle ne l'était en s'habillant. Elle ne pouvait s'empêcher de penser à ce qu'Anderson avait prévu pour elle.

"Est-ce que j'ai mis la bonne tenue ? Est-ce qu'il va m'emmener dans un endroit sympa, est-ce qu'on va passer une bonne journée ensemble, avant qu'il ne me dise qu'il n'est plus intéressé par moi ? Est-ce que nous irons jusqu'au prochain état pour voir les montagnes, ou irons-nous à la plage ? Peut-être, que nous irons dans une autre ville. " Angela était pensive, les questions courant à travers son esprit les unes après les autres.

Il arriva un moment durant la matinée où elle décida qu'elle devait juste éteindre son cerveau et prendre les choses comme elles venaient. Si elle connaissait Anderson, et elle le connaissait, il était évident qu'il s'assurerait qu'elle passe une très bonne journée , pleine de rires et de bons moments.

Elle entendit Pat arriver dehors. Elle savait que dans quelques secondes, il marcherait jusqu'à sa porte et qu'elle reconnaîtrait sa légère manière de toquer. Ses coups étaient toujours tranquilles et légers avec une sorte de mélodie rythmique derrière.

Le bruit des coups sur la porte se fit entendre au moment même où Angela s'y attendait. Pat avait toujours l'air pressé sans ne jamais rien laisser paraître. Il était toujours tranquille et gentil avec une présence calme. Ses coups sur la porte étaient doux, il prit le temps d'aider Angela à monter dans la voiture, et fit, comme toujours, extrêmement attention en conduisant. Bien qu'il ait eu un emploi du temps très serré, il arrivait toujours exactement au bon moment. Si on lui disait d'arriver à neuf heures du matin, il arriverait à 8h59 du matin à chaque fois.

Angela enfila passa son bras de la lanière en faux-cuir de son sac et sentit le contrepoids sur son épaule. Elle marcha jusqu'au salon où elle s'examina une dernière fois dans le miroir sur le mur derrière sa table à manger.

Elle aimait vraiment ce qu'elle voyait dans le reflet. Ses cheveux foncés tombaient sur ses épaules en simples et parfaites ondulations. On aurait dit qu'elle n'avait passé que très peu de temps à se coiffer tant le mouvement dans ses cheveux semblait fluide Son débardeur corail mettait son décolleté en valeur pour une petite touche sexy. Sa silhouette fine avait bonne allure dans cette tenue. Son short moulait ses hanches élancées, accentuant sa taille de guêpe. Ses jambes bronzées mises en valeur par de simples sandales.

Elle espérait vraiment être habillée de manière appropriée pour l'endroit où Anderson avait prévu de l'emmener. Ils pouvaient aller quelque part légèrement plus froid, ou ils pouvaient aller à un endroit plus chaud. Elle s'était habillée en espérant qu'ils iraient à un endroit plus chaud, et non pas dans les montagnes. Bien sûr, les montagnes étaient magnifiques, mais Angela avait envie de sentir les rayons du soleil réchauffer sa peau.

Elle décida qu'elle avait passé assez de temps à se regarder dans le miroir. Elle se retourna et marcha vers la porte où Pat avait frappé quelques instants auparavant. Elle éteignit les lumières en pressant l'interrupteur et ouvrit la porte.

"Bonjour, Pat."

"Bonjour, Mademoiselle Angela. Êtes-vous prête à partir ? "

"Oui, je le suis. Dites, Pat, pouvez-vous me dire où nous allons? "

"Non, je ne peux pas. M. Anderson m'a spécifiquement indiqué de ne divulguer aucune information sur la journée. Je vous dirai, cependant, que vous allez passer un très bon moment."

"Mince. Bon d'accord. Allons-y."

Angela sortit et ferma la porte derrière elle. Elle la verrouilla, avant de prendre la main déjà tendue de Pat.

~

Chapitre Huit
Partir Une Journée

LA CHAUDE brise soufflait dans ses cheveux. Elle pouvait sentir le sel de la mer alors qu'elle respirait. Le bruit des vagues s'échouant sur le sable se mélangeait aux rires des enfants et au son du groupe qui jouait une chanson espagnole animée. La sensation du sable chaud sous ses pieds était merveilleuse, alors qu'elle contractait et détendait les orteils. Elle prit une gorgée de sa Margarita , goûtant la douce boisson alcoolisée qui lui remplissait la bouche. Elle regarda l'eau et vit Anderson qui s'y amusait. Les vagues embrassaient son corps et s'éloignaient, laissant sa peau chatoyante découverte. Chaque crête musculaire était accentuée, chaque rayon du soleil brillait sur sa peau mate.

Son maillot de bain bleu était magnifique sur sa peau. Quand ils étaient arrivés à la plage, Anderson l'avait immédiatement emmenée dans une boutique de maillots qu'Angela n'aurait jamais pu s'offrir elle-même. Le magasin avait une odeur de noix de coco, et elle était certaine que tous les employés étaient mannequins.

Elle avait essayé différents maillots et avait montré chacun d'entre eux à Anderson. Chaque bikini qu'elle avait essayé était encore plus cher que le précédent. Bien sûr, pour Anderson, l'argent n'était absolument pas un problème. Ils avaient finalement choisi un bikini en dentelle bleu sur des bonnets de couleur beige. Le bas de l'ensemble allait avec le haut, mais les côtés avaient des fentes de haut en bas. C'était un maillot de bain qui respirait la sexualité.

Anderson sortit de l'océan, dégoulinant d'eau. Il passa sa main dans ses cheveux d'une façon séduisante et marchait en direction d'Angela. Il ne prononça pas un mot lorsqu'il rejoint sa chaise, se contentant de se baisser pour soulever Angela.

Angela protesta d'un ton taquin et lui demanda de la poser par terre alors qu'Anderson la portait jusqu'à l'eau. L'eau de l'océan était cristalline en-dessous d'elle sur le rivage. Une fois Anderson immergé jusqu'à la taille, il s'arrêta soudainement. Anderson la fit tomber dans l'océan, la submergeant dans l'eau froide . Elle retint sa respiration alors que sa tête était submergée.

Elle se releva, ses cheveux mouillés et filandreux tombant dans son dos. Anderson la regardait en riant de bon cœur. Son sourire s'étirait jusqu'à ses oreilles, il semblait sincèrement heureux.

"Petit con!" dit Angela en se passant les doigts dans les cheveux. Elle pouvait sentir le sel de l'eau de la mer.

Anderson ne dit rien, il souleva Angela et la tira jusqu'à son corps. Elle entoura ses jambes autour de sa taille, encerclant ses bras autour de son cou. Elle embrassa ses lèvres avec douceur au milieu des rires qu'ils partageaient. C'était vraiment une très bonne sensation que d'être serrée contre l'homme qui prenait son cœur en otage alors que le soleil de la plage réchauffait sa peau. Elle n'était pas sûre de s'être déjà sentie aussi heureuse qu'elle ne l'était à ce moment là. C'était comme si tout était absolument parfait dans sa vie.

Anderson commença à marcher plus loin dans l'océan. Sa prise autour de sa taille se renforçait alors qu'elle essayait de s'en échapper. Elle riait, et il souriait. Ils savaient tous les deux ce qui était sur le point d'arriver. Les jambes d'Anderson glissèrent en-dessous de lui alors qu'il se laissait couler vers le fond de l'océan, les submergeant tous les deux sous l'eau.

Plus tard dans la soirée, Angela prit une petite gorgée de son vin rouge sucré. Anderson s'assit de l'autre côté de la table et la regardait comme si elle était la seule femme sur la planète. L'air de l'océan remplissait ses narines, et la douce musique du groupe italien enchantait ses oreilles. Alors que le soleil sombrait derrière l'océan, l'air devenait légèrement froid.

La table était recouverte d'une nappe rouge et blanche , rappelant un restaurant traditionnel italien. Au centre de la table se trouvait un miroir carré décoré d'une grande bougie blanche. Cela donnait au restaurant une atmosphère très romantique.

Quelques lumières scintillantes étaient tressées sur les planches de bois qui tenaient l'auvent. Elles descendaient jusqu'à la rampe autour de laquelle elles étaient tissées, ainsi qu'autour des broches qui allaient jusqu'au sol. C'était l'un des restaurants les plus romantiques qu'elle avait jamais vu.

Anderson lui sourit de l'autre côté de la table sur laquelle il plaça la main . Angela mit sa main dans celle d'Anderson. La sensation de son pouce parcourant le dos de sa main lui donnait l'impression d'une décharge électrique. Elle ne put retenir le sourire qui se répandait sur son visage.

Anderson se leva soudainement de son siège pour marcher jusqu'à Angela . Il lui tendit la main et lui demanda de danser. Bien-sûr, elle accepta son offre et se laissa attirer jusqu'à la piste de danse.

Ils s'embrassèrent tout en dansant sous les lumières scintillantes tressées sur le plafond. Anderson regardait Angela dans les yeux , lui donnant l'impression qu'elle était un véritable trésor qu'Anderson avait passé sa vie à chercher.

Alors qu'ils tournoyaient sur la piste de danse, Angela avait l'impression que son cœur aurait pu éclater de bonheur dans sa poitrine. Elle ressentit un élan d'affection envers Anderson, mais elle n'était pas sûre d'être prête à lui dire qu'elle l'aimait. Il s'empara d'une mèche rebelle pour la lui retirer du visage en la passant derrière son oreille. Alors qu'il retirait sa main, ses doigts descendirent doucement sur sa joue.

Angela se pencha vers Anderson et l'embrassa profondément. C'était comme si leurs baisers étaient ce qui les maintenaient en vie. Ils étaient profonds et passionnés. Elle posa sa tête sur le torse d'Anderson alors qu'ils se balançaient au rythme de la musique du groupe.

Dans la voiture, Anderson prit Angela dans ses bras. Son bras,derrière son épaule, traçait de petites formes en la touchant du bout du doigt. Sa tête était blottie contre la base de sa nuque. Elle se sentait en sécurité et protégée avec Anderson, comme s'il n'autoriserait jamais à quiconque de lui faire du mal. Elle n'avait jamais été aussi bien traitée par aucun des hommes qu'elle avait fréquentés jusqu'alors.

Anderson embrassa document le dessus de sa tête. Angela commença à sentir la douce berceuse du sommeil pointer le bout de son nez dans son esprit. Elle savait qu'il était inutile de lutter, elle succomberait qu'elle le veuille ou non. Le mouvement de balance de la voiture n'aidait pas non plus.

~

Chapitre Neuf
Le Sexe du Matin

LE MATIN SUIVANT, Angela se réveilla dans un lit qui n'était pas le sien. La sensation des draps luxueux sur sa peau était douce, et l'édredon blanc était lourd et épais contre sa peau. La lumière qui passait à travers les rideaux illuminait la pièce, lui révélant qu'elle se trouvait dans la chambre d'Anderson.

Elle entendit des bruits venant de la cuisine, mais elle n'arrivait pas à entendre s'il s'agissait d'Anderson ou de l'un des membres de son personnel. Elle repoussa l'édredon et se leva. Elle reconnut les vêtements qu'elle portait ; elle les avait r montrés du doigt à Anderson lorsqu'il l'avait emmenée faire du shopping.

C'était une simple nuisette rose qui s'arrêtait juste en-dessous de son petit cul parfait. En bas, elle portait l'autre partie, un short en soie rose. Il n'était pas très couvert, seulement quelques centimètres en-dessous du bord de la nuisette. Elle se leva et sentit le doux tapis envelopper son pied. Elle marcha silencieusement dans le couloir menant à la cuisine.

Anderson se tenait au comptoir, vêtu uniquement d'un pantalon de pyjama à carreaux . Il était debout devant un gaufrier, occupé à faire le petit-déjeuner.

"Salut, Marmotte." dit Anderson dans un sourire.

"Bonjour." dit Angela alors qu'elle avançait vers ses bras ouverts.

Il embrassa le haut de sa tête en la prenant dans ses bras. Elle pouvait sentir la chaleur irradier de sa peau. Elle inclina la tête pour rencontrer ses lèvres. Leurs baisers commencèrent doucement et tendrement, presque comme s'ils étaient timides. Les mains d'Anderson suivirent sa sa colonne vertébrale pour rencontrer son cul souple. Il l'attrapa et serra légèrement ses courbes.

Angela pouvait sentir sa queue commencer à durcir contre sa cuisse. Elle avait presque oublié à quel point son pénis était grand. Leurs baisers commençaient à devenir plus passionnés qu'ils ne l'étaient juste avant. C'était comme s'ils avaient besoin l'un de l'autre, comme s'ils mourraient s'ils s'arrêtaient.

Il commença à embrasser sa nuque, la suçant et la mordillant légèrement . Alors qu'Anderson taquinait sa peau, elle commença à sentir son corps répondre. C'était comme si ses baisers électrifiaient son corps, la faisant supplier pour en avoir d'avantage.

Angela sentit que c'était le moment. Elle s'agenouilla. Tout en se mettant à genoux, elle descendit d'un coup sec le pantalon d'Anderson, libérant son énorme bite gonflée. Elle ne perdit pas de temps. Elle lécha sa bite, la rendant palpitante alors qu'elle taquinait son manche dans haut en bas.. Elle pouvait sentir sa queue commencer à tressaillir au contact de sa langue qui voyageait sur la peau délicate de sa pine.

"Assez. Lève-toi." ordonna Anderson.

"Oui, Monsieur." Angela répondit tout en obéissant aux ordres.

Elle se leva, comme il lui avait ordonné, et fut remerciée par Anderson qui se saisit d'une poignée de ses cheveux. Il amena ses lèvres aux siennes vigoureusement avant de tirer sa tête en arrière. Elle le regarda et elle aperçu son air dominant dans son regard, lui donnant l'impression que c'était peut-être sa véritable façon d'être.

Il relâcha sa prise sur ses cheveux et laissa ses mains parcourir sa douce peau lisse. Il débarrassa ensuite le corps mince d'Angela de son son short de pyjama avant de s'emparer d'elle. Il la souleva comme la veille dans l'océan. Elle entoura ses jambes autour de sa taille, mais cette fois c'était différent.

Alors qu'elle épousait la forme de son corps, elle sentit le gonflement de sa queue entrer en elle. Il ne perdit pas de temps à préparer sa chatte mouillée, il la prit immédiatement vite et fort. C'était exactement ce qu'Angela désirait à cet instant. Elle ne voulait pas faire l'amour doucement et tendrement ; elle voulait qu'on la baise vite et bien.

Anderson la poussa jusqu'au réfrigérateur , la tenant fermement contre le mur. Il prit ses mains dans les siennes et les tint contre le mur . Angela était presque complètement immobilisée. Elle sentit qu'elle ne pouvait aller nulle part ni échapper à Anderson, même si elle essayait. Bien sûr, elle ne voulait pas s'enfuir. Elle appréciait bien trop sa queue triturant sa chatte pour vouloir que cela ne se termine.

Avec elle fixée contre le mur, Anderson pouvait la pénétrer encore plus profondément. Chaque va et vient donnait à Angela l'impression que sa queue était trop épaisse pour sa chatte serrée. Comme s'il avait pu la déchirer.

Anderson relâcha ses mains, pour tenir ses jambes à la place. Angela n'avait pas souvenir d'avoir jamais été baisée aussi fort qu'à cet instant. Elle se mit soudain à gémir en jouissant. Elle n'avait pas senti son orgasme grandir en elle, ce qui l'avait complètement prise par surprise.

L'orgasme d'Anderson suivit le sien, mais il n'en était pas moins intense. Son visage se tordait de plaisir alors qu'un profond gémissement résonnait dans sa poitrine et émanait de sa gorge. Il sentit aussi la douce décharge d'un orgasme, envoyant son liquide chaud à l'intérieur d'Angela. Il l'embrassa, leurs poitrines bougeant au rythme saccadé de leur respiration, dépassée uniquement par leurs battements de cœur.

"Les gaufres ont tellement dû brûler qu'elles doivent être croustillantes. Tu veux sortir pour prendre le petit déjeuner ?" demanda Anderson alors que les pieds d'Angela retrouvaient le sol. "Ça me va." dit-elle en riant.

∾

Chapitre Neuf
Maxine à la Rescousse

"MAXINE, J'AI UN PROBLÈME."

"L'admettre est un premier pas."

"Ah ah, Maxine, très drôle."

Angela sentait l'eau chaude entourer ses pieds alors que la pédicure remplissait le bassin. Elle ajouta quelques doux pétales et sels de mer dans l'eau chaude avant de laisser Angela et Maxine seules.

"Ça me fait tellement de bien , Angela. J'ai l'impression que ça fait une éternité qu'on s'est pas fait une journée entre filles"

"Oui en effet, Maxi."

"Alors, c'est quoi ton problème ?"

"Je crois que je suis en train de tomber amoureuse."

"Oh, de qui ? roucoula Maxine.

"D'Anderson."

"Je le savais. Ça a l'air d'être un mec vraiment sympa, Angela, mais tu penses faire quoi pour Mark ?"

"C'est le problème. Si je n'avais aussi pas des sentiments pour Mark, ce serait bien plus simple. Le problème étant que j'ai toujours des sentiments pour lui. Ce n'est pas comme si je pouvais juste choisir entre l'un ou l'autre, mais il faut vraiment que j'y arrive, et vite. Ce n'est juste envers personne. Je ne peux pas les faire attendre indéfiniment comme si on était au purgatoire. Ce n'est pas juste. Ce n'est pas juste que je sois si indécise à propos de l'homme que je désire le plus."

"T'as raison, Angela. Pour être honnête, je suis contente que ce soit toi qui te retrouves dans cette situation et pas moi. "

"Merci, Maxine. Tu me réconfortes vraiment." dit Angela d'un ton sarcastique. Elle savait que son amie la taquinait et ne se sentit pas offensée par sa remarque. Elle savait que son amie n'avait dans son cœur que de bonnes intentions.

"Sois honnête, Angela. Est-ce que tu en aimes un plus que l'autre?"

"Bien sûr que oui. "

"C'est celui que tu dois choisir."

"Mais comment je peux savoir que les choses sont vraiment terminées avec Mark ? "

"Tu dois prendre cette décision. Tu veux vraiment continuer de tourner en rond avec lui? On dirait que c'est sans fin. Un moment vous êtes ensemble, et quelques heures plus tard tu pleures complètement prostrée en disant que tu as le cœur complètement brisé. Je ne veux vraiment plus te voir comme ça, Angela. Tu mérites tellement mieux. Tu le sais, n'est-ce pas ?"

"Tu as raison. Je sais que tu as raison, Maxine. C'est juste plus facile d'écouter des conseils que de vraiment les appliquer."

"Je suis sûre que c'est plus facile que de vivre dans l'incertitude."

"Je te ferai savoir quand je ferai mon choix. "

Les pédicures revinrent dans la pièce. La jeune femme souleva le pied d'Angela hors de la bassine d'eau et commença à frotter les peaux mortes et les ampoules sur la plante de son pied. Elle voulait que sa pédicure frotte assez fort pour lui retirer ses problèmes avec, ou au moins rendre sa décision plus facile.

Bien sûr, la pédicure n'était pas une magicienne, et elle n'était pas capable de prendre cette décision pour elle. Angela pensa malgré tout à lui poser la question, mais elle se rétracta en se disant qu'elle penserait qu'elle était folle.

Angela n'avait pas d'autre choix que d'essayer de trouver la réponse à sa question elle-même. Elle s'assit sur la chaise à pédicure, et fut supposée se détendre, elle ne pouvait penser à rien d'autre que Mark et Anderson. Elle avait en fait commencé à les comparer dans sa tête, comme si cela l'aiderait à faire son choix.

"*Anderson est riche et Mark est presque tout le temps fauché. Mark est intéressé par les mêmes choses que moi, alors qu' Anderson a des goûts de luxe auxquels je ne suis pas encore habituée. Anderson est nouveau et excitant ; Mark est sûr et familier. Mark est un ancien petit-ami, alors qu'Anderson est en train de devenir le petit-ami de rêve.*" Angela se battait avec elle-même. Son esprit était en guerre, chacun des côtés envoyant des boulets de canon invisibles à l'autre.

Sa pédicure s'empara du vernis gris qu'Angela avait choisi un peu plus tôt. En l'observant faire rouler la bouteille entre ses paumes, elle s'imagina qu'elle se trouvait à l'intérieur de cette minuscule bouteille. C'était la même sensation ; comme si son esprit et son corps tournoyaient rapidement dans cette agitation.

Son esprit carburait à vive allure, alternant entre Mark, et Anderson. Le choix qu'elle devait faire devenait de plus en plus clair à chaque tour de bouteille. Elle savait qu'elle devrait bientôt faire son choix.

Le comportement d'Anderson dernièrement lui laissait à penser qu'il en avait marre d'attendre. Elle savait qu'il la désirait énormément, et dans tous les sens du terme. Il voulait avoir un contrôle total sur elle, et elle voulait la même chose.

Alors que sa pédicure appliquait l'épais vernis opaque sur ses ongles de pieds, il lui sembla qu'elle scellait sa décision, lui interdisant de changer d'avis. Elle avait choisi Anderson plutôt que Mark. Maintenant, elle devait trouver une façon d'annoncer la mauvaise nouvelle à Mark, et de dire à Anderson qu'elle était finalement sienne.

Présentation

Angela ne sait plus quoi penser de Mark. Il semble avoir changé, mais elle a l'intuition qu'elle devrait se méfier. Alors que le milliardaire bien foutu, Anderson, continue de la traiter comme une princesse, elle est de plus en plus perdue.

Elle a l'impression que son cœur est tiraillé entre deux directions opposées. Choisira t-elle de rester avec le confortable et familier Mark, ou choisira-t-elle le sauvage et excitant Anderson ?

BOOK TITLE est une palpitante histoire érotique qui vous donnera envie de goûter à Anderson en vous pendant à ses lèvres.

Lisez plus de livres dans la série Un contrat d'un Milliard de Dollars

CINQUIÈME PARTIE: CE QU'ELLE A CHOISIT

C hapitre Un

ANGELA NE POUVAIT NIER qu'Anderson faisait preuve de beaucoup de patience. Bien qu'elle ne connaissait pas encore chaque petit détail le concernant, elle savait qu'au sein de son entreprise, il n'avait jamais vraiment été considéré comme un homme *patient*. Anderson était le genre d'homme fort, puissant et dominant Habitué à obtenir ce qu'il voulait, et quand il le voulait.

Elle devait reconnaître qu'elle commençait à se sentir un peu coupable de le garder quelque peu "en attente" et elle avait peur de penser à ce qui pourrait possiblement se passer s'il décidait qu'il en avait marre d'attendre qu'elle se décide à être totalement et complète- ment dévouée à lui et *seulement* lui.

Angela savait qu'Anderson n'était ni fou, ni aveugle. Elle devait assumer le fait qu'il était au courant de sa relation avec Mark et elle était impressionnée par le fait qu'il n'ait pas encore amené le sujet sur le tapis, mais elle savait aussi au plus profond d'elle-même, qu'aucun homme, et particulièrement un mâle milliardaire dominant, ne voudrait partager sa femme avec aucun autre homme – à moins, bien sûr, qu'il ne s'agisse d'un homme qu'Anderson ait lui-même ajouté à l'équation.

Depuis cette nuit où il avait introduit Angela à cette partie à quatre bien arrosée, dont elle avait fait l'expérience avec lui, et à ce couple avec lequel il était ami, il ne l'avait encore présentée à aucun autre homme – ou femme- pour les accompagner dans leurs escapades érotiques. Il appréciait peut-être de l'avoir toute entière pour lui pour l'instant (enfin, presque toute entière pour lui) puisqu'Angela se battait encore avec son impérissable affection pour Mark.

Angela autorisait ces pensées à remplir son esprit alors qu'elle se préparait pour le travail le lundi matin. Elle avait vraiment apprécié les moments qu'elle avait passés avec Anderson, et il ne faisait aucun doute qu'il était en train de se faire une place dans son cœur. Elle ne pouvait nier qu'elle était un peu effrayée que sa passade avec Anderson ne se termine en étant juste cela : une passade.

Une partie d'elle était toujours inquiète du fait qu'un homme comme Anderson, bel homme, riche et dominant, pouvait avoir n'importe quelle femme au monde. Pourquoi était-il autant épris d'elle ? Qu'est-ce qui pouvait bien l'attirer chez elle ? Elle avait trop peur pour être directe et le lui demander, et elle s'était dit qu'il faisait peut-être la même chose qu'avec elle avec d'autres femmes. Il jetait peut-être son dévolu sur une femme qui l'attirait avant d'en trouver une autre une fois fatigué de celle qu'il avait réussi à avoir.

Au fond, Angela espérait que cela ne soit pas vrai. Elle pouvait se voir tomber la tête la première pour lui, mais leur statut social inégal lui causait du souci : elle était incapable de savoir si elle était d'envergure à garder un homme comme Anderson pour elle toute seule. Pouvait-elle vraiment le rendre heureux pour le reste de sa vie ? Serait-il complètement dévoué à elle et seulement elle ? Ou finirait-il par se lasser d'elle avant de passer à autre chose avec une nouvelle femme plus excitante dès qu'Angela se déciderait à se dévouer à lui, complètement ?

Toutes ces pensées tourbillonnaient dans l'esprit d'Angela alors qu'elle se dirigeait au bureau. C'était vraiment génial et excitant d'attendre avec impatience le moment d'aller au travail, d'avoir hâte de voir Anderson presque chaque jour. C'était également un peu intimidant de penser à quel point les choses deviendraient bizarres si Anderson en venait à se fatiguer d'elle un jour. Serait-il toujours aussi cordial et gentil, même s'il décidait de rompre avec elle ? Ou les choses deviendraient-elles tellement étranges qu'elle serait contrainte de trouver un autre travail ?

Angela balaya ces pensées de son esprit alors qu'elle approchait de la zone de parking des employés. Elle savait qu'elle avait besoin de faire le vide dans sa tête pour se concentrer sur le travail – au moins pour le moment. Elle regarda autour d'elle pour voir si elle apercevait l'un des véhicules de luxe d'Anderson garé à son espace réservé, mais elle n'y vit aucune de ses voitures . Elle supposa qu'il n'était pas encore au bureau, elle attrapa donc avant d'entrer dans le bâtiment.

Alors qu'elle approchait de son bureau, elle remarqua un nouveau visage qu'elle ne reconnaissait pas. Il y avait une nouvelle réceptionniste à l'accueil. Anderson n'avait pas mentionné le fait qu'il engagerait une nouvelle réceptionniste, Angela fut donc un peu surprise de voir ce nouveau visage. Alors qu'Angela passait devant elle, la nouvelle s'adressa à elle.

"Bonjour, vous devez être Angela," dit la jeune femme d'une voix amicale, affichant un sourire plein de vie .

Angela se retourna pour faire face à la jeune femme ne lui donnant qu'un rapide coup d'œil.

"Bonjour," répondit Angela. "Oui, je suis Angela. Je ne crois pas que nous nous soyons déjà rencontrées."

La jeune femme se leva et sortit de derrière son bureau pour se présenter officiellement à Angela.

"Mon nom est Mallory. Mallory Watkins." dit-elle, tendant sa main parfaitement manucurée vers Angela.

Mallory semblait être vraiment très jeune. Elle avait l'air encore plus jeune qu'Angela, elle devait se trouver dans les débuts de sa vingtaine. Elle était grande et mince, encore plus mince qu'Angela, mais elle avait une paire de seins parfaite ainsi qu'un joli cul rebondi.

Angela pensa que Mallory avait l'allure d'une femme qui aurait pu être mannequin. Elle devait faire au moins 1m70 et sur ses talons hauts de 10 cm, elle atteignait presque les 1m80 face à Angela. Elle avait de longs cheveux blonds soyeux qui tombaient en plusieurs mèches épaisses autour de ses épaules. Elle était un peu plus pâle qu'Angela et aurait pu bénéficier de quelques sessions de bronzage ou de bains de soleil. Mais sa peau était crémeuse et absolument sans aucun défaut.

Ses yeux étaient d'une magnifique couleur amande et ses cils longs et épais. Ils avaient forcément été allongés grâce à un mascara onéreux, se dit Angela, car personne n'avait des cils aussi longs et épais naturellement. Néanmoins, ses yeux étaient très beaux et attirants, et bien qu'Angela ne se sente pas attirée par d'autres femmes, elle ne pouvait nier le fait que Mallory était définitivement une jeune femme éblouissante.

"Enchantée," répondit Angela, saisissant la main de Mallory et la serrant fermement. La peau de Mallory était aussi douce et lisse qu'elle le paressait. Ses mains étaient si douces qu'elle lui firent penser que Mallory avait dormi avec des moufles remplies de crème hydratante. "Vous avez vraiment des mains très douces."

"Merci, j'utilise de la paraffine deux fois par jour," répondit Mallory, son large sourire ne quittant jamais son visage. " Un peu chiant d'utilisation, mais ça peut faire des miracles sur votre peau."

"Je vois," commenta Angela, observant ses lèvres parfaites et rebondies. Mallory les avait recouvertes d'un gloss rose brillant et chatoyant qui s'accordait avec sa chemise en soie rose. Sa chemise était de bon goût, sans être sensuelle. Elle moulait sa poitrine ferme et rebondie et sa jupe droite de couleur beige accentuait ses hanches fines et son petit cul . Angela ressentit une légère pointe de jalousie pendant une fraction de seconde. Elle se demandait si Anderson avait engagé cette jeune femme, diablesse enjouée, car il se lassait de plus en plus d'elle. Peut-être avait-il l'intention de...

"Bonjour, Mesdames," la voix d'Anderson fit sortir Angela de ses pensées. "Angela, je vois que tu as rencontré Mallory, et Mallory, tu as rencontré Angela."

Mallory fit un signe de tête à Anderson et sourit. Angela se retourna, surprise d'entendre le son de la voix d'Anderson.

"Bonjour, patron," répondit Mallory.

"Oh, bonjour, Anderson. Je ne savais pas que vous étiez là," déclara Angela. Elle sentit le rythme de son cœur s'accélérer par nervosité. Elle avait l'impression d'avoir été prise la main dans le sac.

"Mallory, j'ai quelques vidéos de formation à vous faire regarder. Vous pourrez les regarder dans la salle de conférence," dit Anderson.

"Angela, vous et moi nous avons une réunion déjeuner à notre endroit habituel, aujourd'hui" dit-il, solennellement, la regardant droit dans les yeux.

Angela sentit un tressaillement dans ses jambes lorsqu'elle imagina Mallory dans la même salle de conférence où Anderson et elle avaient déjà fait des galipettes. Le ton de sa voix autoritaire l'excitait. Il la traitait comme une quelconque assistante devant les autres collègues, mais lorsqu'ils étaient seuls, c'était une personne complètement différente.

"Oui, monsieur," répondit Angela. Elle fit un geste de la main et se dirigea vers son bureau.

Elle se retourna pour voir Anderson guider Mallory dehors dans le couloir puis en bas vers la salle de conférence. Et pendant un court instant, cette pointe de jalousie s'empara d'elle à nouveau. Elle fronça les sourcils quand Anderson et Mallory disparurent au détour du couloir avant de se concentrer sur son travail.

Suis-je vraiment jalouse? se demandait-elle. *Bon sang qu'est-ce qui ne va pas chez moi ?*

Elle secoua encore la tête, espérant se débarrasser de ce sentiment de jalousie.

Angela ne pouvait attendre l'heure du déjeuner . Elle voulait passer un peu de temps seule avec Anderson et possiblement lui demander pourquoi il avait engagé Mallory et pourquoi il n'avait rien dit à son sujet. Elle savait qu'il ne lui devait aucune explication, étant donné qu'ils n'étaient pas encore exactement un "couple". Mais ce fait ne l'empêchait malgré tout pas de se laisser submerger par ses émotions.

Elle regarda son téléphone pour voir si Anderson lui avait envoyé un message ou une photo cochonne, mais il n'y avait rien. Elle vit cependant un message de Mark.

Quand l'avait-il envoyé? Je ne l'ai pas vu ce matin lorsque j'ai quitté la maison, se dit Angela. Elle fit glisser son doigt sur l'écran pour toucher l'icône "nouveau message" pour voir ce que Mark lui avait envoyé. Cela disait :

Salut Ang. Tu as prévu quelque chose pour le déjeuner? J'espérais que nous pourrions parler aujourd'hui.

"Parler à propos de quoi ?" se demanda Angela, à voix haute. Elle n'annulerait de toute façon pas son déjeuner avec Anderson juste pour voir Mark. Elle lui répondit rapidement :

Je ne peux pas aujourd'hui. Mais demain peut-être?

Elle appuya sur "envoyer" et attendit de voir si Mark lui répondrait quelque chose. Elle attendit et attendit puis rien. Elle se remit finalement au travail en espérant que la matinée passerait vite pour que vienne enfin le moment de déjeuner.

LORSQUE L'ALARME de son téléphone sonna à exactement 12 :00, Angela était folle de joie. Elle éteignit rapidement son ordinateur et se dirigea droit vers la zone de stationnement. Le "rendez-vous déjeuner" d'Anderson à leur "endroit habituel" supposait qu'une limousine était en chemin et la retrouverait derrière l'immeuble, Ils se nourriraient l'un et l'autre de fruits exotiques et de crèmes à l'arrière de la limousine alors qu'ils rouleraient en ville. Anderson ajoutait toujours quelque chose de sexuel à leur repas, qu'il s'agisse de lécher des fraises à la crème fouettée sur sa queue massive ou de lui sucer du coulis de cerise sur ses tétons et son clitoris. Elle se demandait ce qu'il avait prévu cette fois -ci. Il était toujours plein de surprises érotiques.

Pendant un instant, Angela se demanda si elle n'était pas en train de prendre ses sentiments d'enthousiasme et d'excitation pour un engouement passager et son irrésistible passion et son désir pour des sentiments d'amour. Encore une fois, elle se débarrassa de cette pensée pour se concentrer uniquement sur l'excitant déjeuner qui l'attendait.

Elle se précipita vers l'ascenseur et appuya sur le bouton encore et encore, essayant de le faire arriver plus vite.

"Allez, allez!" dit-elle à voix haute, ne s'adressant à personne en particulier. Il n'y avait presque personne dans le couloir, ils étaient probablement tous partis pour le déjeuner. Elle se demanda si l'un d'entre eux entretenait le même genre d'activités coquines qu'Anderson et elle sur sa pause déjeuner.

Il lui sembla que l'ascenseur était d'une lenteur extrême, bien qu'elle n'était pas vraiment pressée. Anderson était son patron après tout, il pouvait bien se permettre de la garder plus longtemps que l'heure allouée pour déjeuner. Il était même parfois arrivé qu'ils ne retournent jamais au bureau après un "rendez-vous déjeuner". Cela dépendait principalement de l'emploi du temps d'Anderson et de la charge de travail de la journée.

L'ascenseur finit par sonner et les portes s'ouvrirent. Il y avait à peu près trois ou quatre autres personnes à l'intérieur lorsqu'Angela entra. Tous semblaient se diriger vers le rez-de-chaussée. Elle remarqua qu'elle n'avait pas aperçu la jolie, nouvelle réceptionniste Mallory dans les alentours depuis qu'elle était arrivée ce matin. Elle se demandait où la petite Miss Mannequin Mallory avait disparu. Peut-être avait-elle passé la moitié de la matinée à regarder des vidéos de formation dans la salle de conférence – celle qu'Angela et Anderson avaient baptisée de plus d'une manière, et plus d'une fois.

Angela ne pouvait même pas écouter les bavardages des autres employés de l'ascenseur. Tout ce à quoi elle pensait était son rendez-vous déjeuner avec Anderson. Et puis soudainement, son téléphone portable vibra. Elle y jeta un coup d'œil pour constater que Mark lui avait envoyé une réponse à son message d'un peu plus tôt dans la matinée. Elle fit glisser son doigt sur l'écran tactile pour voir sa réponse.

Demain semble bien. À quelle heure prends-tu ta pause déjeuner ?

Angela réfléchit pendant un instant. Devait-elle profiter de cette opportunité pour le revoir ? Qu'en penseraient Anderson ou ses collègues s'ils la voyaient déjeunant avec Mark ? Elle réfléchit pendant un moment, indécise quant à sa réponse à Mark.

Juste à ce moment, l'ascenseur "sonna" à nouveau et les portes s'ouvrirent sur le hall d'entrée de l'immeuble. Angela sortit de l'ascenseur et se dirigea dehors.

Il y avait une longue limousine noire devant la porte et Angela savait qu'il s'agissait de son chauffeur pour se rendre au déjeuner. Le simple fait de voir cette voiture et ses vitres teintées, en sachant qu'Anderson l'y attendait avec un petit plan coquin pour le déjeuner la faisait mouiller. L'effet qu'Anderson avait sur elle ne cessait de la surprendre.

Elle était sortie avec Mark pendant deux ans, mais il n'avait jamais su l'exciter comme Anderson le faisait. Non pas que Mark ait été mauvais au lit ou autre chose. C'était un amant passionné et attentionné, et il l'avait toujours été. Mais, il n'avait rien d'aventureux, d'agressif, de créatif ou de dominant en terme de sexe, contrairement à Anderson.

Angela ne pouvait s'imaginer se lasser du sexe avec Anderson. Mais, et elle ne pouvait le nier, qu'une relation purement sexuelle ne pouvait en rien rivaliser avec une relation complète, autant émotionnellement que sexuellement parlant/ Avec Mark, Angela avait presque la garantie du long terme, la relation complètement engagée qu'elle désirait. La sécurité de savoir qu'elle aurait quelqu'un là pour elle quand elle en aurait besoin. Elle avait envie de construire quelque chose comme ça avec Anderson, mais elle n'était pas sûre, que c'était ce qu'il voulait lui aussi.

Parler avec Mark était facile. Elle pouvait lui parler de presque tout, il l'écoutait et prenait toujours ses sentiments en considération. Avec Anderson, elle avait toujours peur d'aborder le sujet d'une relation sérieuse. Elle savait ce qu'elle voulait avec lui, mais elle avait du mal à amener le sujet, et jusqu'à présent, il n'avait lui-même pas encore mentionné quoi ce soit Là-dessus.

Mais ce n'était pas le moment de penser à de telles choses ; c'était le moment de mettre son esprit sur "le mode plaisir" pour apprécier l'excitation sauvage du déjeuner sensuel qu'elle s'apprêtait à vivre avec son magnifique amant, un milliardaire sexuellement excitant. Elle esquissa un sourire aguicheur et se rendit jusqu'à la voiture qui l'attendait.

Le chauffeur se tenait devant la porte arrière de la longue limousine. Elle marcha jusqu'à la porte et lui donna un agréable sourire.

"Votre voiture, M'dame," annonça-t-il, soulevant son chapeau et ouvrant la porte arrière de la limousine.

"Merci," répondit Angela avant de monter dans la limousine alors qu'il fermait la porte derrière elle.

Anderson était à l'intérieur de la limousine. Il avait préparé un déjeuner pour deux à l'arrière de sa superbe limousine .

"Salut, chérie," dit-il d'une voix douce et sensuelle. "J'espère que tu as faim. Moi en tout cas je suis affamé." Il lécha ses lèvres d'une manière sexy qui fit mouiller Angela instantanément .

Angela affichait un sourire sexy et battait des cils. Elle adorait la façon dont il lui donnait l'impression d'être une superbe jeune femme lorsqu'ils étaient ensemble.

"Bonjour, M. Combry," fredonna-t-elle, ressentant déjà une pointe dans son cœur.

Son corps réagissait toujours d'une manière excitante à chaque fois qu'elle était avec lui. Il avait un certain pouvoir sur elle – comme un pouvoir sexuel – qu'elle ne pouvait nier, même si elle l'avait voulu. Elle glissa jusqu'au siège près de lui, le saluant d'un fermer baiser sur les lèvres.

"Mmm, ça a déjà le goût du hors d'œuvre," annonça Anderson, clignant de l'œil d'un air charmeur. Angela s'extasiait, rougissant comme une lycéenne.

Elle regarda les délicieux fruits exotiques et les crèmes qu'Anderson avait préparés avec soin pour leur déjeuner érotique. Il y avait un bol de fraises mûres et différents parfums de crèmes fouettées. Il y avait aussi une assiette de fruits qu'Angela ne pouvait distinguer, mais qui semblaient incroyablement tentant et savoureux. Il y avait aussi une onéreuse bouteille de champagne avec deux verres à vin posés juste en face.

"Super!" les yeux d'Angela s'illuminèrent à la vue de ce mini buffet. " Tout ça m'a l'air parfait, Anderson !" Elle se demandait comment il réussissait toujours à la surprendre avec sa créativité et son idéalisme.

Anderson laissa échapper un petit sourire satisfait Il appréciait énormément les réactions d'Angela à ses techniques de séduction innovantes. Il Leva ses sourcils fraîchement épilés.

La limousine sortait tout juste dans la rue en direction du sud.

"Je sais qu'on a pas énormément de place ici, mais je veux que tu mettes ça", demanda Anderson en lui tendant une boîte rouge en forme de cœur. Il y avait un ruban dessiné sur le dessus. Angela ouvrit la boîte et ses yeux s'écarquillèrent de plaisir lorsqu'elle vit une nuisette comestible de couleur rouge à l'intérieur.

"Nom de Dieu!" dit Angela, gloussant malgré elle. " Tu as envie d'exploser les records aujourd'hui. "

Anderson leur servit un peu de champagne à tous les deux alors qu'Angela retirait sa robe de travail à la hâte afin d'enfiler la nuisette comestible. Elle ne portait plus de sous-vêtements au travail depuis qu'elle avait été assignée à son son nouveau poste dans le même immeuble que les bureaux d'Anderson. Et puis, sa poitrine étant ferme et rebondie, il lui arrivait aussi souvent de venir sans soutien-gorge. Aujourd'hui était le jour parfait pour avoir laissé sa culotte et son soutien-gorge à la maison, et elle était très contente de l'avoir fait. Elle arracha sa robe et enfila délicatement la nuisette comestible.

Il y avait aussi une culotte en bonbons sous la nuisette, qu'elle mit par la même. Anderson l'avait déjà vue nue à maintes occasions, bien sûr, mais il prit soin de lui tourner le temps pour préparer leur champagne et leur assiette de fruits pendant qu'elle se changeait. Il voulait attendre de la voir complètement habillée dans sa tenue sexy et comestible avant de se retourner pour officiellement commencer leur "pause déjeuner".

"On ne grignote pas!" dit Angela dans un gloussement, alors

qu'elle enfilait la culotte en bonbons comestibles autour de ses fines hanches.

"Je ne grignote pas," lui assura Anderson. Il imaginait déjà à quel point elle aurait l'air délicieuse dans cette tenue comestible qu'il lui avait acheté, et il ne pouvait s'empêcher d'imaginer à quel point elle serait savoureuse.

"Tu peux regarder maintenant," lui dit Angela.

Anderson se retourna et la surprit à poser de manière séduisante dans sa petite tenue de lingerie sexy. Ses yeux s' écarquillèrent en la regardant. La lingerie filiforme épousait sa silhouette à la perfection. Elle accentuait chacune des courbes de son corps, de sa grosse poitrine rebondie à sa taille fine et féminine, et lorsqu'elle se mit sur le côté, la culotte de bonbon moula son cul ferme et rond avec précision.

"Toi, ma chère, tu as l'air encore plus succulente et appétissante que tous ces fruits exotiques et crèmes ne pourraient jamais en avoir l'air," fredonna Anderson.

Sa voix était si douce, sensuelle et attrayante. Il se penchait si près de son oreille qu'elle pouvait sentir son souffle chaud tout contre sa nuque. Une vague de frissons traversa son corps. Sa voix était si profonde et rauque qu'à chaque fois qu'il murmurerait à son oreille, elle recevait une décharge électrique entre les cuisses. Il savait exactement comment l'exciter.

Anderson portait une chemise à boutons en soie de couleur foncée et un onéreux pantalon noir. Pour Angela, il était toujours très élégant et sexy, peu importe ce qu'il portait et cela peu importe le jour. Ses chemises en soie moulaient toujours les muscles de ses bras et de son torse, soulignant sa silhouette parfait à travers le fin tissu de la chemise. Alors qu'il s'asseyait, ne lâchant pas Angela des yeux dans sa lingerie comestible, et admirant le spectacle son verre de champagne à la main, Angela eut du mal à résister et ressentit une envie irrépressible de lui arracher sa chemise et de ravager son corps sexy. Au lieu de cela, elle lui fit un clin d'œil, à peine capable de contenir son excitation grandissante.

"Champagne?" demanda-t-il, lui tendant le verre qu'il avait servi pour elle pendant qu'elle passait sa "tenue de déjeuner ".

"Merci Monsieur Cromby," dit Angela, incapable de se retenir de lui sourire. Elle avait remarqué qu'il lui arrivait souvent de sourire, de glousser et de rire à chaque fois qu'elle était avec Anderson. Bien plus que lorsqu'elle était avec Mark, en fait. Et elle ronronnait, gémissait, haletait, et crissait aussi bien plus, à chaque chaque partie de jambes en l'air avec Anderson, bien plus qu'avec Mark en tout cas. Mais elle ne voulait pas penser à de telles choses maintenant, alors encore une fois, elle se débarrassa de ses pensées pour essayer d'apprécier le moment qu'elle était en train de passer avec Anderson.

Les deux sirotaient leur champagne et se mirent à discuter un peu alors que la tension sexuelle entre eux continuait de grandir. Angela savait qu'Anderson adorait amener du suspense dans leur rendez-vous. Cela rendait le "résultat final" tellement plus satisfaisant et cela les laissait toujours tous les deux encore plus désireux de l'autre. Il adorait contrôler Angela d'un point de vue sexuel, et la pousser à ses limites pour qu'elle supplie d'en avoir plus. Angela ne pouvait nier qu'elle adorait sa façon de faire.

"Ouvre cette jolie bouche, Angela," ordonna Anderson. Elle s'exécuta. Il trempa une fraise dans de la crème fouettée et la mit entre ses lèvres. Elle la mordit, savourant la douceur du fruit et de la crème sur sa langue.

"Mmm," ronronna-t-elle, mâchant le fruit avant d'avaler.

"Tu es tellement sexy quand tu manges," lui dit Anderson en prenant un autre fruit. "Voilà ce que nous allons faire aujourd'hui, mon amour. Je veux que tu goûtes à chacun de ces fruits et je vais te bander les yeux. Je vais te donner un fruit différent, et tu me diras ce que c'est, en devinant rien qu'à l'odeur et au goût."

"D'accord." répondit Angela.

"Je te demanderais ce que c'est et chaque fois que tu auras raison, je mangerai un morceau de la nuisette que tu portes. Mais, chaque fois que tu te tromperas, je baisserai ta culotte de bonbons pour donner une fessée à ton joli petit cul."

Angela frémit encore, cette fois par excitation. Elle pouvait déjà sentir la chair de poule se répandre sur tout son corps, rien qu'en imaginant avoir les yeux bandés et de recevoir une fessée d'Anderson. Elle avait déjà prévu de faire exprès de se tromper sur certains fruits pour ressentir le frisson entremêlé de plaisir et de douleur de ses paumes fermes et fortes sur son cul.

"T'es prête?" lui demanda Anderson, terminant ce qu'il restait de son champagne d'une dernière gorgée. Il fouilla dans la poche gauche de son pantalon et en sortit un bandeau noir. Angela avala le reste de son champagne et hocha de la tête, nerveusement.

Anderson posa le bandeau sur son genou droit juste au-dessus de la grosse bosse de sa queue déjà dure et choisit un fruit de chaque sorte se trouvant sur le buffet de la mini table de la limousine. Il lui présenta chacun des fruits et l'autorisa à goûter chacun d'entre eux. Ils profitèrent d'un autre verre de champagne , Angela ressentant déjà les effets de l'alcool qui la détendaient et l'excitaient d'autant plus – non pas qu'elle ait besoin de champagne, ou de toute autre boisson alcoolisée pour se sentir comme ça avec Anderson. Sa présence était déjà un aphrodisiaque naturel.

Angela ferma les yeux et sentit le rythme de son cœur s'accélérer alors qu'Anderson glissait avec soin et douceur le bandeau sur son visage. Et là, surprise ! Anderson avait aussi amené une paire de menottes. Il menotta ses mains derrière son dos. Angela sentit une autre décharge d'excitation entre ses jambes. Son Anderson était toujours plein de surprises, et il arrivait toujours à l'étonnait. Cela l'excitait énormément, et elle l'autorisa à lui attacher les poignets dans le dos avec enthousiasme. Il la fit ensuite asseoir sur ses genoux,

Il frictionna doucement sa nuque, massant sa peau nue et exposée, lui donnant envie de ronronner comme un chaton dans une pantoufle chaude en fourrure. L'anticipation de ce qui allait suivre était presque trop dure à supporter pour Angela. Elle sentait déjà son clitoris vibrer de désir contre les bonbons de sa culotte, alors que l'humidité entre ses jambes ne faisait qu'augmenter.

"Voici le premier, " lui dit Anderson, alors qu'il trempait un morceau de de taille moyenne dans l'une des crèmes avant de le glisser entre les lèvres tendues d'Angela.

"Mmm" dit-elle encore, savourant le goût doux et acidulé du fruit qui se mélangeait à la crème.

" C'est quel fruit, Angela?" lui demanda Anderson d'une voix austère alors que ses mains descendaient vers le creux du bas de son dos qu'il se mit à masser. C'était l'une des parties les plus sensibles du dos d'Angela et elle se cambra en réponse à son toucher hypnotique. Un petit soupir s'échappa de ses lèvres alors qu'il parcourait la surface de sa peau du bout des doigts.

"Mmm, c'est une carambole ? Ça a le goût d'une carambole," répondit Angela.

Tout ce qu'elle pouvait voir était la sombre obscurité du bandeau sur ses yeux. Mais, il semblait qu'en perdant temporairement la vue, ses autres sens avaient été amplifiés. Elle sentit chaque mouvement des doigts d'Anderson qui parcouraient son corps entre sa nuque et son dos, envoyant des frissons de désirs dans le bas de sa colonne vertébrale. L'arôme et la saveur des fruits exotiques semblaient eux aussi être encore plus intenses.

"Tu as raison ! Bonne fille," lui dit Anderson.

Il la nourrit du reste du fruit. Angela sentit alors la chaleur de sa bouche contre son téton. De sa bouche, il éplucha une partie de la nuisette comestible, celle qui recouvrait son sein droit, exposant sa douce peau nue et son téton qui pointait totalement, lui arrachant un autre gémissement de plaisir.

"Mmm, j'avais raison, " dit Anderson, d'une profonde voix sensuelle, ses lèvres à un centimètre à peine des oreilles d'Angela. Elle frémit encore, à la sensation de son chaud souffle contre sa nuque délicate. "Tu es tellement plus savoureuse que n'importe quel fruit ou crème sur ce mini buffet de friandises. "

Anderson défit la braguette de son pantalon pour délivrer sa queue déjà à moitié bandée Angela ne pouvait voir ce qu'il faisait, mais elle avait entendu le bruit de la fermeture éclair qui se baissait. Elle sut immédiatement qu'il avait libéré son épaisse queue de son pantalon, et cette simple pensée ne fit qu'intensifier son niveau de son excitation. Derrière l'obscurité du bandeau, elle pouvait imaginer la queue d'Anderson, son gros gland enflé et dur de désir pour elle. Elle se lécha les lèvres en y pensant.

"D'accord, Angela, voilà le suivant," Anderson glissa un autre morceau de fruit recouvert de crème dans sa bouche.

"Celui-ci est facile. C'est une clémentine," annonça Angela, avec confiance.

"Quelle fille brillante!" dit Anderson. Il la nourrit du reste du fruit et utilisa ensuite sa bouche pour relâcher son autre sein de la lingerie comestible. Il lécha le tour de son téton gauche, le rendant un peu plus dur comme si la température dans la chambre venait de chuter en dessous des 10 degrés. Angela laissa échapper un autre gémissement alors que son dos se cambrait à nouveau, poussant sa poitrine contre le visage d'Anderson. Anderson prit son sein gauche en entier dans sa bouche, le suçant avidement, la faisant haleter de désir.

"Oh, Anderson," murmura Angela.

"D'accord, Angela, voilà le suivant, " lui dit Anderson.

Cette fois, Angela séchait sur le fruit qu'Anderson lui avait mis dans sa bouche. Elle le faisait tourner dans sa bouche, essayant d'identifier le goût, sans pouvoir précisément l'identifier.

"Hum," dit-elle en fronçant légèrement les sourcils. "Je ne sais pas. C'est un kiwi?"

Anderson secoua sa tête, bien qu'Angela ne puisse le voir.

"Je suis désolé, Angela, ce n'est pas juste," dit Anderson. D'un mouvement rapide, il courba le corps mince d'Angela sur son genou, son cul rond pointant vers le haut. Il lui déchira la culotte de bonbons d'un geste rapide, envoyant voler les petits bonbons à l'arrière de la limousine. Angela pouvait maintenant sentir sa bite bien dure contre son abdomen alors qu'Anderson se préparait pour sa fessée – sa punition pour ne pas avoir deviné le bon fruit.

Angela eut du mal à contenir son excitation en sentant qu'on lui arrachait sa culotte en bonbon. Son cul nu à l'air libre allongée sur les genoux d'Anderson, elle sentit son entrejambe devenir de plus en plus mouillé face à son excitation grandissante. Elle se cambra elle-même en sentant les mains douces et chaudes d'Anderson parcourir, caresser et masser ses fesses, serrant et malaxant, la faisant frémir d'avance.

"Tu t'es trompée sur le fruit, Angela. Tu sais quelle est ta punition, n'est-ce pas?" Anderson lui demanda d'un ton doux, presque apaisant .

"Oui, je connais mon châtiment " répondit-elle d'une voix feutrée, à peine plus fort qu'un murmure.

"Quel est ton châtiment, Angela?" demanda Anderson sévèrement, sa voix toujours douce et calme. Ses mains Massaient et caressaient encore ses fesses exposées.

"Mon châtiment sera une fessée," répondit Angela.

"Es-tu prête à recevoir ta punition?" demanda Anderson, sa pression devenant plus forte sur les fesses d'Angela.

"Oui, je suis prête pour mon châtiment," affirma Angela.

"Plus fort, Angela," ordonna Anderson, d'une voix un peu plus sévère, maintenant.

"Je suis prête pour mon châtiment !" dit Angela d'une voix plus forte.

"Bonne fille," dit Anderson.

Juste à ce moment-là, sa main large et lourde s'abattit sur sa fesse droite dans un bruit fort de "claque ! ". Angela tressaillit de douleur et lâcha un petit cri perçant. Bien que la fesse droite de son cul lui fit mal, une pointe d'enthousiasme et d'excitation déferla dans tout le reste de son corps.

"Ne bouge pas, Angela," avertit Anderson. Angela s'étendit comme elle le pouvait, essayant le plus possible de ne pas réagir à la douleur lancinante de la claque qu'elle avait reçue.

Elle sentit et entendit un autre fort "claque!" alors que la main d'Anderson s'abattait sur son autre fesse. Elle lâcha un autre petit cri grinçant et mordit sa lèvre inférieure, se battant contre l'envie irrépressible de réagir à la douleur lancinante que sa gifle avait laissée sur sa fesse gauche exposée . Une fois encore, la douleur de la claque lui envoya une autre décharge de désir qui parcourut son corps entier, la faisant frissonner, bien que très légèrement.

"Bonne fille, " dit Anderson, ses mains fermes et fortes massaient à nouveau ses fesses endolories, comme pour soulager la douleur dont il était à l'origine. Angela sentit sa chatte de plus en plus mouillée entre ses jambes. Elle était extrêmement excitée et son entrejambe plus que jamais désireux de recevoir de l''attention – un peu de stimulation- de la part d'Anderson.

"Une de plus, pour t'être trompée de fruit, Angela, " prévint Anderson. Une fois de plus, Angela se cambra elle-même pour la claque. Cette fois, sa main forte s'abattit sur ses deux fesses simultanément d'un puissant et lourd "claque !"

Angela étouffa un autre cri alors que ses fesses commençaient à lui faire mal, mais la pointe de désir qui suivait était encore plus immense. Anderson se remit à la caresser pour chasser la douleur lancinante provoquée par la dernière claque violente et le corps d'Angela ne le désira que plus encore.

"Tu devrais voir ton magnifique cul, Angela. Il a rougi," dit Anderson un petit sourire sur le visage. Angela ne pouvait le voir, mais elle au ton de sa voix qu'il souriait. "Bonne fille ! Tu as été très courageuse, Angela. Tu as gagné une récompense."

Anderson prit Angela dans ses bras d'un mouvement rapide et l'allongea sur le siège de la limousine. Il écarta ses jambes et se mit à genoux entre elles, alors qu'Angela avait toujours les mains menottées derrière son dos.

Il glissa doucement ses deux mains en dessous de ses jambes douces et lisses descendant doucement vers le bas de ses cuisses et plus bas encore jusqu'à son clitoris humide gonflé et palpitant, qui était totalement exposé. Angela respirait profondément et soupirait, anticipant le contact de ses mains sur sa féminité désireuse.

"Oui, détends-toi, Angela. Je vais te donner une récompense pour avoir été une si bonne fille. "Tu la veux ?" lui demanda Anderson, de sa voix rauque qui laissait transparaître sa propre excitation.

"Ouiii," siffla Angela, levant les hanches pour l'inviter à la toucher. "Je le veux. Je le veux tellement, Anderson !"

Elle frémit lorsqu'il effleura son clitoris de ses doigts lui arrachant un soupir de passion.

Elle sentit alors une sensation légère et agréable dans son entrejambe. Elle réalisa tout de suite qu'Anderson avait répandu un peu d'une des savoureuses crèmes fouettées sur son clitoris.

Il ne perdit pas un instant pour plonger et sucer la crème fouettée sur son clitoris, en léchant la totalité comme il savait qu'elle aimait qu'il le fasse. Angela se contorsionnait et se secouait de plaisir, gémissant et soupirant en réponse à cette stimulation orale. Le fait qu'elle était incapable de voir quoi que ce soit intensifiait la sensation de sa bouche et de sa langue sur son clitoris et elle se sentait déjà proche d'atteindre l'orgasme. Elle savait qu'Anderson l'amènerait juste à la limite avant de s'arrêter, la rendant ivre de désir et prête à le supplier pour un orgasme.

"Oh oui! Oui, Anderson!" cria-t-elle, ses hanches se pressant contre son visage, son orgasme grandissant et de plus en proche.

"Mmmm, Angela tu as si bon goût ! Je ferais mieux de te manger toi plutôt que quoi que ce soit d'autre dans cette limousine," marmonna Anderson entre ses coups de langue.

Il savait qu'elle était sur le point de jouir et il s'arrêta brusquement, sachant qu'elle se trouvait à la limite.

"J'ai un fruit de plus à te faire essayer, Angela," lui dit-il, léchant le goût de son entrejambe sur ses lèvres.

Il s'agenouilla en face d'elle et tourna sa tête vers lui. Il caressa sa dure queue allongée de sa main, s'assurant qu'elle était bien raide avant de lui ordonner d'ouvrir la bouche. Il fit gicler l'une des savoureuses crèmes fouettée sur le bout de sa bite et l'inséra ensuite dans sa bouche ouverte dans un profond gémissement et un soupir de plaisir.

Angela réalisa immédiatement que le " fruit" recouvert de crème était l'épaisse et grande bite d'Anderson dure comme un rocher, et elle ouvrit sa bouche encore plus grand pour la recevoir. Elle savoura le goût de la délicieuse crème qui se mélangeait à celui de sa bite et suça toute la crème Anderson gémit de plaisir d'une voix à peine plus forte qu'un murmure.

"Oh, merde, Angela," souffla-t-il, glissant sa queue plus profondément dans sa bouche, la forçant à la prendre plus profondément au fond de sa gorge. Angela gémit alors qu'elle suçait sa queue avidement, la prenant de plus en plus profondément dans sa bouche jusqu'à ce que le bout soit presque complètement au fond de sa gorge. Heureusement, elle s'était tellement habituée à sucer la queue massive d'Anderson qu'elle n'avait plus du tout de reflex nauséeux ou quoi que ce soit d'autre, et elle suçait avec précision, espérant que si elle parvenait à faire du très bon travail, il lui donnerait l'orgasme qu'elle attendait désespérément.

"Je vais baiser ton joli petit visage avec mon énorme queue, Angela," lui dit Anderson, attrapant sa tête avec ses mains et jetant sa propre tête en arrière e, fermant les yeux, appréciant complètement la sensation de sa bouche exquise enroulée autour de sa bite et qui le suçait énergiquement, ardemment et passionnément. Il lui tenait la tête et il se mit à bouger les hanches pour lui imposer un rythme, forçant sa queue à rentrer encore plus profondément à l'intérieur de sa bouche, augmentant la vitesse et le rythme de son pompage, avec ferveur.

Angela gémit et grogna avec enthousiasme, sa bouche pleine de la bite d'Anderson alors qu'il baisait littéralement son visage, logeant sa bite profondément dans sa gorge, encore et encore.

"Ah, ouiiii, Angela! C'est une bonne fille. Suce cette grande bite épaisse comme tu le veux," dit-il d'un murmure rauque entre soupirs et halètements de plaisir.

Il se mit alors à caresser les seins exposés d'Angela, les massant et les pressant en pinçant doucement ses tétons, augmentant la régularité et l'intensité des gémissements et grognements d'Angela Bientôt, il se sentit lui-même plus proche de l'orgasme et ressentit le besoin de se glisser dans les parois de l'étroite chatte d'Angela , qui était trempée de désir pour lui. Il avait du mal à se retenir de jouir rien qu'en y pensant. Il sortit brusquement sa queue de la bouche d'Angela, préférant s'arrêter seul avant d'exploser dans les profondeurs de sa gorge.

"Tu veux cette bite, Angela?" demanda-t-il, fermement, d'une voix dominante.

"Oui! Je veux cette bite, Anderson! J'en ai tellement envie!" répondit-elle, le suppliant de la baiser et de l'amener au septième ciel.

"Vas-tu baiser cette bite jusqu'à ce que j'éjacule au fond de ton étroite chatte mouillée ?" lui demanda-t-il d'une voix plus forte et confiante.

"Oh oui, Anderson! Je veux te baiser jusqu'à ce que tu remplisses ma chatte avec ton sperme chaud et juteux!" cria Angela, se tortillant de désir, souhaitant être libérée des menottes qui la liaient pour s'emparer de la bite d'Anderson et la pousser profondément à l'intérieur de sa chatte : ce que désirait ardemment Anderson, la remplir complètement.

Mais Anderson ne lui enleva pas encore les menottes. Il baissa son pantalon jusqu'aux chevilles et sortit un autre petit appareil surprenant de sa poche. Bien qu'Angela ne puisse voir ce qu'il était en train de faire, elle l'entendait s'agiter. Elle supposa qu'il était en train de baisser ou de retirer son pantalon, ce qu'il fit sans imaginer un instant l'existence du petit appareil qu'il sortit et alluma. Elle entendit un drôle de bruit et elle sut immédiatement qu'il avait une sorte de petit appareil vibrant.

"Je vais te baiser, Angela. Je vais te donner l'orgasme que tu mérites pour avoir été une si bonne fille aujourd'hui. Mais, je ne vais pas te libérer de tes menottes, pas encore. Je vais te baiser les mains liées derrière ton dos et les yeux bandés, mais je vais te faire jouir bien et fort. T'en as envie, Angela ?" lui demanda-t-il.

"Oh, oui, Anderson! Je te veux! S'il te plaît ! Je te veux maintenant !" s'écria Angela , du désespoir dans la voix. Elle était tellement excitée qu'elle pouvait à peine contenir son engouement plus longtemps. Son corps entier était en feu pour Anderson et elle voulait sentir chaque centimètre de sa queue à l'intérieur d'elle.

Soudainement, Angela sentit une vibration sur son clitoris, et elle sut tout de suite qu'Anderson utilisait son petit appareil vibrant. On aurait dit un œuf vibrant ou une balle vibrante, et l'appareil était puissant. Elle laissa échapper un gémissement de plaisir dû à la sensation que lui provoquait le vibromasseur . Elle pouvait sentir qu'elle se rapprochait de l'orgasme alors que des petites perles de transpiration commençaient à se former sur son front. Elle cambra le dos, se tortillant contre le vibromasseur, souhaitant atteindre le sommet dont elle était si proche. Juste à ce moment-là, Anderson retira le vibromasseur.

Angela soupira, levant ses hanches comme si elle essayait de signifier à Anderson ce qu'elle ressentait.

"Ah, ah, ah," Anderson la narguait, d'un ton profond et moqueur. Angela pouvait l'imaginer secouer le doigt en signe de réprimande, comme il l'aurait fait à une jeune enfant. "Pas encore, quand tu jouiras, tu le feras grâce à ma queue, Angela."

Angela frémit alors qu'Anderson la retournait, l'allongeant sur le siège le cul en l'air. Elle savait qu'il était sur le point de la baiser et l'anticipation la rendait folle de désir.

"Mmm, Angela, ton joli petit cul est encore légèrement rouge de la fessée que je t'ai donnée. C'est si sexy." Il murmura à son oreille, la faisant frissonner légèrement.

"S'il te plaît Anderson, j'en peux plus ! S'il te plaît, baise-moi maintenant ! J'ai besoin de jouir ! J'ai tellement besoin de jouir !" Angela suppliait pour sa bite, et c'est exactement ce qu'il voulait entendre.

Anderson jeta un coup d'œil à son parfait petit cul rond légèrement rouge et à sa chatte juteuse et mouillée dû à son excitation. Son clitoris était enflé et humide et le simple fait de la voir dans cet état là l'excitait sans fin. Il attrapa sa queue raide et palpitante d'une main et en frictionna le bout contre sa ruisselante chatte mouillée, la taquinant en trempant son gland dans son jus.

Angela gémit et cambra le dos, haletant avec anticipation. Elle poussa son cul en arrière contre sa bite, essayant de glisser sa chatte dessus. Anderson attrapa son cul d'une main, et de l'autre il glissa sa bite dure dans sa chatte étroite et mouillée laissant échapper un grognement et un sifflement de plaisir. Angela gémit de plaisir à haute voix, se poussant en arrière sur lui, jusqu'à ce que sa queue se trouve complètement engloutie dans sa chatte. Il était si profondément à l'intérieur d'elle qu'elle pouvait sentir ses couilles cogner contre son clitoris. Elle se contorsionnait et frissonnait de plaisir, soupirant et criant passionnément.

"Oh oui, oui, Anderson! Baise-moi !" cria-t-elle alors qu'elle entamait un rythme de va et vient, s'empalant sur la queue d'Anderson avec plus de force et de vitesse, encore et encore. "Oooh !! Oui !!"

Anderson gémit alors qu'elle sentait son propre orgasme naissant. Il savait qu'Angela avait seulement besoin d'un bon coup de plus pour atteindre l'extase. Il voulait que son orgasme soit époustouflant. Elle l'avait définitivement mérité.

Il prit le vibromasseur et le plaça directement sur son clitoris palpitant et l'alluma à plein régime. Au même moment, il percuta sa bite à l'intérieur d'elle, avec force et profondeur, tout en s'emparant de son sein droit, qu'il serra en pinçant le téton entre son indexe et son pouce. La combinaison de ces sensations envoya Angela au septième ciel.

"Oh mon Dieu !!!" cria-t-elle, à voix haute, alors que son orgasme éveillait et secouait son corps entier. « Mon Dieu, Anderson ! PUTAIN OUIII !"

Son corps entier se raidit et ses hanches commencèrent à tres-saillir de façon incontrôlable alors que l'intensité de son orgasme l'engouffra dans une écrasante vague d'extase. Anderson jeta le vibromasseur et ses doigts le remplacèrent, appliquant juste assez de pression sur le clitoris d'Angela alors que son orgasme continuait de l'éveiller. Ses hanches tressaillaient contre sa bite, et la main qui était entre ses jambes. Après un court instant, l'orgasme d'Angela commença à se calmer et elle laissa échapper un long grognement et un profond soupir de merveilleuse satiété. Son énorme queue dure toujours profondément enfouie à l'intérieur de sa chatte, Anderson sentit les spasmes de ses parois qui se serraient autour de sa bite alors qu'elle jouissait ; cette sensation lui fit atteindre l'extase, lui aussi .Il s'empara de sa chatte et l'empala sur sa queue, durement et profon-dément, éjaculant à l'intérieur dans un fort grognement d'extase. Sa bite battait fort et palpitait à l'intérieur d'elle alors que giclée après giclée déchargeait sa dose chaude de sperme à l'intérieur de la chatte trempéed'Angela.

Anderson s'effondra au dessus d'Angela d'un profond soupir satisfait. Les deux savourèrent le sentiment de bien être produit par leur session torride pendant un court instant, avant qu'Anderson ne sorte d'Angela et la libère de ses menottes. Angela retira son bandeau et se rapprocha d'Anderson . Les deux s'étreignirent pendant quelques instants puis Anderson embrassa sa douce bouche.

"Ce..." commença Anderson, respirant lourdement dans l'oreille droite d'Angela, "C'était absolument STUPÉFIANT."

Angela sourit en réponse à ses remerciements.

"Oh oui, M. Combry! C'était incroyable !" approuva-t-elle.

Juste à ce moment-là, la limousine ralentit jusqu'à ce qu'elle ne s'arrête complètement. Angela ne savait pas où ils étaient arrivés, mais elle savait qu'elle avait besoin de prendre une douche avant de pouvoir retourner au travail. Anderson descendit la vitre teintée du côté conducteur de la limousine et r il regarda dehors.

"On est chez moi, mon amour. Et si nous allions à l'intérieur pour prendre une douche avant d'aller finir cette agréable journée de travail ?" proposa Anderson, avant de déposer un autre doux baiser sur le haut de son front couvert de sueur.

ANGELA SAVAIT que le temps pressait et qu'elle devait choisir entre Anderson et Mark. Cela commençait vraiment à l'embêter de voir les deux hommes dans le dos de l'autre. Elle savait qu'aucun d'entre eux n'était ni aveugle ni stupide, et elle commençait à se sentir un peu coupable de ne pas être engagée à 100% envers eux. Elle décida qu'il était temps d'avoir une sérieuse discussion avec Anderson à propos de leur relation, la prochaine fois qu'ils seraient ensemble. Elle savait qu'Anderson aimait souvent dîner avec elle les mardis soirs, elle se fit donc la promesse d'aborder le sujet à ce moment-là.

Alors qu'elle s'habillait pour son dîner avec Anderson, elle pouvait sentir le rythme de son cœur commencer à s'accélérer tant elle était nerveuse. Elle n'avait encore jamais abordé le statut de sa relation avec Anderson et elle ne savait pas comment amener le sujet.

Et s'il me rejetait? Se dit-elle. *Et si je n'étais qu'une simple passade pour lui et qu'il prévoyait de passer à une nouvelle, jeune mannequin, aussitôt qu'il s'ennuierait de moi ? Et si c'était pour cette raison qu'il avait engagé superbe nouvelle réceptionniste ?*

Angela savait qu'elle devrait se préparer à tout ce qu'il pourrait lui dire. Elle espérait au plus profond d'elle-même qu'il ressentirait la même chose qu'elle, et qu'il envisageait lui aussi une véritable relation engagée à long terme avec elle. Mais, si cela ne faisait pas partie de ses plans, elle devait se préparer psychologiquement à avoir le cœur brisé – juste au cas où.

Même s'il n'envisageait pas ce genre de relation avec elle, elle essayerait de lui faire savoir qu'elle serait toujours partante pour poursuivre leur passade passionnée et excitante, car honnêtement, Angela ne pouvait s'imaginer vivre sans lui. Même si elle le gardait dans sa vie uniquement comme ça pendant un moment, elle avait le sentiment que ce serait toujours mieux que de ne pas l'avoir du tout. S'il mettait un terme à leur relation en la rejetant, elle ne savait pas si elle pourrait continuer à travailler pour lui.

Les choses deviendraient-elle bizarres et/ou gênantes au bureau, avec Anderson ? Devoir le voir presque tous les jours, sachant qu'elle ne pourrait jamais être avec lui de cette façon - ou pire encore, devoir le voir avec une autre femme, et devoir travailler face à lui avec cette autre femme, chaque jour - serait un cauchemar absolu, de son point de vue. En ce qui concernait ses sentiments Tout du moins.

Elle se débarrassa de ses pensées alors qu'elle se regardait dans le miroir de sa chambre. Elle venait tout juste de finir de se maquiller et était presque prête à prendre la limousine qu'Anderson avait envoyée jusqu'à chez elle pour passer la prendre, lorsque son téléphone sonna, l'arrachant à ce fourmillement de pensées silencieuses qui résonnaient de plus en plus fort dans son esprit.

Angela décrocha son téléphone depuis là où elle était allongée sur le lit près du petit sac à main bleu qu'elle avait choisi pour aller avec sa robe de soirée et ses chaussures. Elle regarda le numéro sur l'écran et vit qu'il s'agissait de Maxine.

"Salut gamine," répondit Angela d'une voix enjouée. Elle était heureuse d'entendre Max.

"Ouh Oouh! N'essaye même pas de me servir ces conneries de 'salut gamine' ! Où es-tu donc passée, étrangère ?" lança Maxine.

Angela pouvait percevoir le faux ton sarcastique dans la voix de son amie.

"Oh allez Max! je suis désolée! J'ai été un peu préoccupée, je dois l'admettre. Mais, j'allais t'appeler demain. Si tu ne m'avais pas appelée la première. " expliqua Angela. Elle ne mentait pas. En fait, elle avait vraiment beaucoup pensé à Maxine ces derniers temps et elle s'était promis de se rappeler de lui passer un coup de fil ou peut-être même de lui rendre visite le jour suivant.

"Alors qu'est-ce qui t'occupais autant que je n'avais plus de tes nouvelles depuis si longtemps ? Son nom ce serait pas Mark ou Anderson ? Ou peut-être un autre ?" demanda Maxine.

Angela laisse échapper un petit gloussement face à la question directe de son amie.

"En fait, je n'ai pas vraiment parlé à Mark dernièrement. J'étais censée le voir pour le déjeuner hier, mais je lui ai dit que j'avais quelque chose de dernière minute et je ne pourrais pas y aller."

D'une certaine façon, cependant, Angela n'avait pas menti à Mark. En fait, ce qui s'était présenté était l'engin de son milliardaire, l'épaisse et gigantesque queue d'Anderson Combry. Et lorsqu'elle se présentait à elle, la seule chose qui intéressait Angela c'était de prendre la 'situation' en main. Quelque chose à propos de la bite d'Anderson l'hypnotisait à chaque fois qu'elle y pensait. Il l'avait complètement "bitenoptisée".

"Alors as-tu déjà décidé quel chemin tu vas emprunter ?" demanda Maxine. Ses intentions étaient définitivement bonnes. Elle souhaitait seulement que sa meilleure amie soit heureuse et ait une relation saine et épanouissante, peu importe l'homme avec qui elle choisirait d'être.

"Tu sais quoi, Max? Je crois que oui. Je sors dîner avec Anderson ce soir. Bien que jusqu'à présent j'ai eu peur de lui parler de notre relation, j'ai décidé que ce soir, c'était le grand soir. Je vais cracher le morceau et lui faire savoir exactement ce que je ressens et ce que je souhaite. S'il ressent la même chose, je vais saisir cette chance et me dédier complètement à lui."

Maxine devinait au ton de sa meilleure amie qu'Angela était

sérieuse. Elle était amoureuse et elle allait le faire savoir à l'homme qu'elle aimait. Elle avait un profond respect pour Angela. Elle savait que ce ne serait pas facile pour elle de faire ce choix important et difficile entre les deux hommes pour lesquels elle avait clairement des sentiments insondables et profonds. Maxine ne pouvait nier le fait qu'elle était très fière de son amie et elle espérait plus que toute autre chose que la vie amoureuse d'Angela finisse par s'épanouir.

ANGELA AVANÇAIT en direction de la luxueuse voiture qu'Anderson avait envoyée devant son appartement pour passer la prendre et l'amener au restaurant où ils se rencontreraient pour un dîner romantique. Le restaurant 's'appelait 'Chez LaFre' et ils proposaient une exquise sélection de cuisine française haut de gamme. Angela remercia le chauffeur de la limousine et rentra par l'énorme et chic entrée du restaurant français cinq étoiles.

Ses yeux s'écarquillèrent d'émerveillement alors qu'elle pénétrait dans le hall d'entrée de Chez LaFre'. C'était l'un des plus beaux restaurants où elle avait jamais mis les pieds. Elle regardait autour d'elle avec émerveillement, alors que l'hôte, habillé d'un élégant smoking noir, la guidait vers une cabine privée VIP élégamment décorée et ouverte sur une grande pièce près de la véranda.

Angela vit Anderson assis dans une confortable petite cabine VIP, parlant au téléphone. Il était de façon éloquente très élégant dans son costume trois pièces en soie bleu canard. Sa chemise était multicolore, moulante et elle accentuait les muscles bien dessinés de ses bras toniques. Sa veste était posée derrière lui sur le siège de la cabine et ses cheveux avaient l'air d'être encore plus épais et brillants sous la lumière tamisée du restaurant. L'hôte bien habillé et typé espagnol la guida jusqu'à la table et lui fit signe de s'installer dans la cabine en face d'Anderson.

"Tu es ravissante, chérie," dit Anderson, se levant pour l'accueillir avec un baiser sur la joue. Il tira une chaise et elle s'assit. Anderson s'assit de nouveau en face d'elle.

"Merci. Toi aussi! Comme toujours." répondit Angela en lui souriant.

"J'ai pris la liberté de nous commander une fine bouteille de vin importé et j'ai également commandé une exquise mise en bouche que tu apprécieras je pense." lui dit Anderson. Il ouvrit la bouteille de vin pour emplir leurs verres.

Anderson adorait toujours la manière dont Angela lui exprimait sa gratitude.

"Je ferais n'importe quoi pour faire apparaître un sourire sur ton magnifique visage," annonça Anderson avec un large sourire. Angela rougit comme une lycéenne, malgré elle.

"Il y a quelque chose dont je veux te parler Anderson, " dit Angela. Elle sentit le rythme de son cœur s'accélérer alors qu'elle était gagnée peu à peu par la nervosité. "Et je dois reconnaître, que je suis très nerveuse."

Juste à ce moment-là, le serveur apporta leur hors d'œuvre qu'il posa sur la table. L'arôme de la nourriture fit saliver Angela.

"Êtes-vous prêts à commander?" leur demanda le serveur bien habillé.

"Donnez-nous juste un moment, s'il vous plaît," lui dit Anderson.

"Ben-sûr, Monsieur," répondit le serveur avant de s'éloigner.

"Que se passe-t-il, Angela? Tu sais que tu peux tout me dire." dit-il d'une voix réconfortante et douce. Son visage affichait un véritable intérêt.

"Et bien... Je.. Hum" bégayait Angela, tout en gigotant sur son siège. Anderson prit sa main posée sur la table.

"Angela, s'il te plaît. Qui y-a-t-il? " Ses yeux magnifiques la cherchaient du regard. Cela fit fondre son cœur.

"Bon, je me demandais ...hum.. juste. Que sommes-nous ? Tu sais ?" Elle le regardait d'un air interrogateur. "Je veux dire, j'adore les moments qu'on passe ensemble. Je ne me suis jamais sentie aussi vivante, si libre, et si heureuse. Mais, je veux que tu comprennes que si je suis juste une phase, juste une passade, ça me va aussi, du moment que je passe autant de temps que possible avec toi, le temps que ça durera."

Anderson resta silencieux pendant un moment, comme pour digérer ses mots.

"Que ressens-tu pour moi, Angela? Demanda-t-il,un regard doux mais sérieux sur le visage.

"Honnêtement, je suis amoureuse de toi, Anderson. Je le suis depuis un moment maintenant. Je n'étais juste pas sûre de ce que tu ressentais pour moi, je ne voulais pas en parler. Je ne voulais pas que les choses deviennent bizarres entre nous, tu sais ?"

" Tu vois encore ce mec, Mark ?" lui demanda-t-il.

Voilà, nous y étions. Il savait à propos de Mark. En fait, Angela n'était pas tellement surprise qu'il sache. Elle savait qu'Anderson n'était pas idiot et qu'il avait des amis et associés partout dans le coin. Elle ne savait juste pas s'il s'en souciait ou pas. Angela baissa la tête, se sentant un peu honteuse.

"Mark et moi avons un passé. C'était pas le pire petit ami du monde, mais il n'était pas le meilleur non plus. Il a réapparu dans ma vie juste avant que nous nous rencontrions toi et moi. A aucun moment je ne pensais que, toi et moi, nous arriverions là où nous en sommes, et je ne savais pas si nous allions devenir une 'chose' sérieuse ou juste une aventure de 'passage'. Je crois que je le gardais près de moi comme un filet, une sorte de plan de secours."

"Juste si les choses entre toi et moi ne fonctionnaient pas," ajouta Anderson. C'était plus une affirmation qu'une question. Il le dit comme s'il l'avait su tout du long.

"S'il te plaît, essaye de comprendre, Anderson, je n'ai jamais rencontré quelqu'un comme toi auparavant. Tu es un homme qui a tout ce qu'il veut dans la vie et tu peux avoir n'importe quelle femme que tu souhaites. J'avais juste peur que peu importe ce que tu voyais en moi, cela finirait par éventuellement par s'estomper, tu sais ? J'avais peur que tu ne t'ennuies de moi et ne passe à une autre jeune femme excitante qui aurait attiré à ton attention."

Anderson l'écoutait en silence, lui permettant de dire tout ce qu'elle avait sur le cœur.

"Si tu pouvais le faire à ta façon, qu'est-ce que tu voudrais que l'on soit ?" lui demanda-t-il.

"Si je pouvais le faire à ma façon, Anderson, je voudrais être avec toi pour le reste de ma vie." répondit Angela.

"Je veux te dire quelque chose que j'aurai probablement du te dire bien avant," commença Anderson. "J'ai fréquenté toutes sortes de femmes au cours de ma vie. Mannequins, actrices, danseuses, et j'en passe, des femmes de tout horizon et statut social. Tu vois, c'est facile de trouver une femme, mais c'est très dur de trouver une femme comme *toi*." Il accentua le mot "toi" en plongeant son regard dans celui d'Angela. "Tu es belle, intelligente, déterminée, indépendante, déjà si docile, et tu es aussi adorable, gentille et incroyable au lit. Tu es le genre de femme avec qui je m'imagine m'installer."

"Tu te fiches que nous allions dans un restaurant cinq étoiles ou que nous mangions un sandwich à la dinde pendant un pique-nique au parc. Tu n'as pas *besoin* de tout ce que je fais pour toi, mais tu les apprécies *chaque moment*. Je peux te faire confiance par rapport à mon entreprise et j'ai comme l'impression que je peux aussi te faire confiance avec mon cœur. Je n'ai juste pas compris pourquoi tu avais tant de mal à quitter Mark . Je n'étais pas sûr de ce dont tu as envie. C'est pour ça que je n'ai jamais pressé les choses."

Les yeux d'Angela se remplirent de larmes de joie qui s'apprêtaient à déborder et rouler sur ses joues.

"Qu'est-ce que tu es en train de dire, Anderson ?" demanda Angela d'une voix douce, à peine plus fort qu'un murmure enroué.

"Je suis en train de dire que je veux que tu sois mienne, et ma seule femme. Si c'est ce que tu veux aussi" répondit Anderson, serrant sa main légèrement.

"Oh Anderson! C'est exactement ce que je veux! Je n'ai jamais rien autant voulu de toute ma vie !" Angela laissa ses larmes couler librement sur ses joues. Elle était bouleversée d'émotion. Elle prit l'autre main d'Anderson et la serra.

"Ce sont les seules larmes que je veux jamais voir dans tes yeux," dit Anderson, en les lui essuyant. Angela lui sourit alors qu'une autre larme remplaçait la précédente. Il se pencha vers elle pour embrasser cette larme tout en plaçant quelque chose dans sa main.

"Qu'est-ce que c'est?" lui demanda-t-elle, essuyant une autre larme. "Je veux que tu ailles dans les toilettes pour femmes et que tu le mettes dans ta culotte, juste contre ton clitoris. J'ai la télécommande dans ma main. Lorsque tu reviendras, tu vas appeler ce Mark et lui dire que c'est fini."

Le cœur d'Angela commença à s'accélérer de nouveau. Cette fois, c'était par excitation. Elle sourit à Anderson et se pencha pour l'embrasser sur la bouche.

"Commande pour moi, tu veux bien ?" demanda-telle avec un large sourire en se dépêchant de rejoindre les toilettes pour femmes.

✸ Réalisé avec Vellum

CPSIA information can be obtained
at www.ICGtesting.com
Printed in the USA
BVHW041014150321
602551BV00006B/482